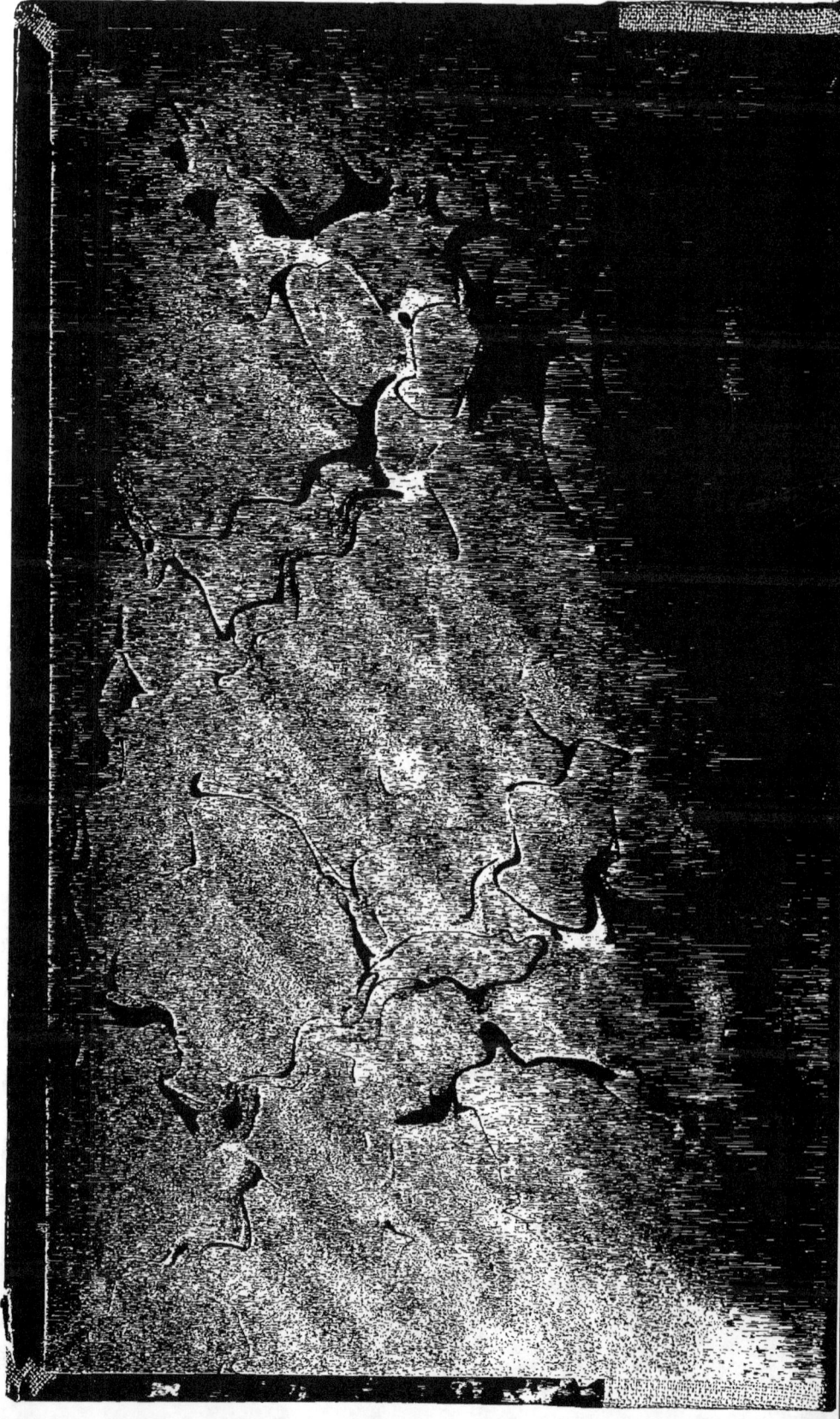

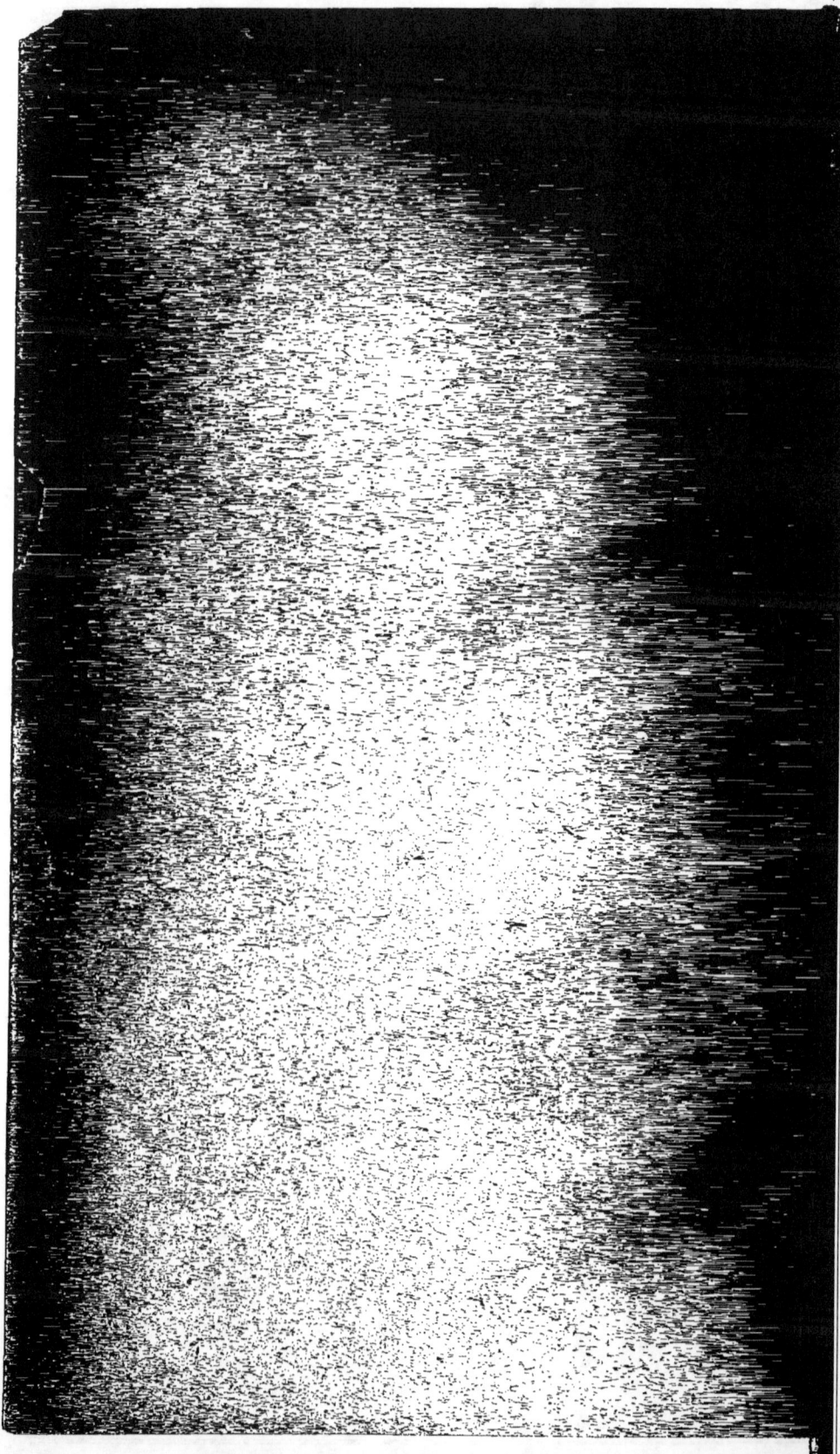

ADOLPHE BELOT

LA BOUCHE

DE

MADAME X***

17475

PARIS

E. DENTU, ÉDITEUR

LIBRAIRE DE LA SOCIÉTÉ DES GENS DE LETTRES

PALAIS-ROYAL, 15-17-19, GALERIE D'ORLÉANS

LA BOUCHE

DE

MADAME X***

AUTRES ROMANS D'ADOLPHE BELOT

L'Article 47.
Mlle Giraud, ma femme.
La Femme de Feu.
Hélène et Mathilde.
Deux Femmes.
Le Drame de la rue de la Paix.
Les Folies de jeunesse.
Les Mystères mondains.
Les Baigneuses de Trouville (suite des *Mystères mondains*).
Mme Vitel et Mlle Lelièvre (suite des *Baigneuses de Trouville*).
Une Maison centrale de Femmes (suite et fin de *Mme Vitel et Mlle Lelièvre*).
La Sultane parisienne.
La Fièvre de l'inconnu (suite de la *Sultane parisienne*).
La Vénus noire (suite et fin de la *Fièvre de l'inconnu*).
La Femme de Glace.
Une Joueuse.
Les Étrangleurs.
La Grande Florine (suite et fin des *Étrangleurs*).
Le Roi des Grecs, 2 volumes.
Fleur-de-Crime, 2 volumes.

ROMANS ÉCRITS EN COLLABORATION

AVEC M. ERNEST DAUDET :

La Vénus de Gordes.

AVEC M. DAUTIN :

Le Secret terrible.
Le Parricide.
Dacolard et Lubin (suite et fin du *Parricide*).
La Bossue.

ADOLPHE BELOT

LA BOUCHE

DE

MADAME X***

PARIS

E. DENTU, ÉDITEUR

LIBRAIRE DE LA SOCIÉTÉ DES GENS DE LETTRES

PALAIS-ROYAL, 15-17-19, GALERIE D'ORLÉANS

——

1882

LA BOUCHE DE MADAME X...

I

X..., mon ami le plus intime, né le même
jour, à la même heure que moi, dans le même
lieu, avec lequel j'ai toujours vécu, et qui
ne pourra certainement pas me survivre,
X..., le confident de toutes mes pensées, le
dépositaire de mes secrets, mon compagnon
de plaisir et de peine, le reflet de mes
qualités et de mes vices, X..., enfin cet
autre moi-même, se trouvait au mois de
septembre dernier dans le royaume de Hongrie. Il avait assisté aux fêtes données par

1

les Viennois aux membres du Congrès international littéraire, et avant de rentrer en France, le désir lui était venu de connaître Buda-Pesth, ces deux villes renommées, souvent ennemies, aujourd'hui sœurs, comme l'indiquent le trait d'union placé entre elles et le pont superbe, jeté d'une ville à l'autre sur le Danube, pour que rien ne les sépare plus.

Guidé dans ses promenades à travers la double cité par le grand romancier hongrois Tokaï, le baron de Vaux, notre consul général, Pazmandy, député dans son pays, Parisien dès qu'il en est sorti, M. Saissy, un Français qui s'est fixé là-bas, afin de nous faire mieux aimer, Urvary, Poulzki, de Szemere, Wahrmann, hommes de lettres, hommes politiques, hommes aimables, X..., disons-nous, avait visité toutes les curiosités de Pesth et de Buda. Il rentrait

à l'hôtel de l'Europe, place François-
Joseph, un peu fatigué de ses longues excursions, lorsque le portier lui remit une
lettre ainsi conçue :

« Comment! Vous vous trouvez chez moi,
dans mon pays, dans ma bonne ville de
Pesth et vous n'êtes pas venu me voir! Je
vous attends à dîner, pour vous serrer la
main, causer de Paris et vous faire connaître nos vins hongrois et nos plats nationaux, le *paprikahuhn* et le *gulyás*. Je n'ad-
mets pas d'excuses.

« Votre amie : Princesse W...

« (Grand Hôtel Ungaria). »

Sans hésiter, et malgré sa fatigue, X...
accepta cette invitation qu'il considérait
comme une véritable bonne fortune. La
princesse W..., très connue à Paris, une
des reines de la colonie étrangère, est jolie,

spirituelle, d'une distinction parfaite et
vient seulement d'atteindre l'âge où les
femmes avouent trente ans. Alliée aux premières familles de son pays, un peu pa-
rente du général Gœrgey, qui se signala dans
la guerre de 1849, descendante indirecte des
Esterhazy, elle est hongroise de naissance,
parisienne de cœur, cosmopolite de goût et
d'habitude. Devenue veuve après quelques
mois de mariage, elle s'est mise à mener
une existence errante, passant ses hivers à
Paris, à Vienne, à Florence, partageant ses
étés entre Dieppe, les villes d'eaux de l'Autriche et les forêts de la Bohême. De caractère indépendant, d'allures un peu libres,
avec un esprit très cultivé, très original,
presque gaulois, elle sait tout entendre, et
lorsqu'on la pousse un peu, à la fin d'un
dîner ou d'un souper, elle ose beaucoup
dire. Sa conduite est-elle irréprochable?

On en doute, d'instinct, en raisonnant sur des probabilités, sans preuves à l'appui, car ses fantaisies, si elle en a, sont voilées, ses confidents sont discrets, ce qui prouve qu'elle sait choisir.

Donc X..., après avoir fait un bout de toilette, une toilette de voyageur, sort de l'hôtel de l'Europe, tourne à gauche, gagne le quai et arrive à l'hôtel Ungaria. Il demande la princesse W.... On le fait monter au premier étage, on l'introduit dans un salon et bientôt celle qui lui a écrit apparaît. Ils se serrent les mains, se disent quelques bonnes paroles amicales, ou dictées peut-être par quelque doux souvenir, puis on passe dans une salle à manger, dépendante de l'appartement, et la causerie s'engage. C'est X... qui ouvre le feu :

— Jamais, il ne me serait venu à l'idée, princesse, que vous pourriez être ici. Je vous ai laissée à Dieppe, au mois d'août dernier.

— Eh bien! Les courses terminées, j'ai pris mon vol sur Paris. J'ai gagné Vienne par la Suisse et quelques jours après, je m'installais en Hongrie pour nos grandes chasses. Rien n'est plus simple : ne connaissez-vous pas mes habitudes voyageuses ? Un poète de mon pays m'a comparée un jour à une étoile. C'était une pure flatterie : je ne suis qu'une comète errante à travers l'espace.

— Je préfère l'étoile... filante, bien entendu.

— Va pour l'étoile. Mais vous, comment vous trouvez-vous si loin de Paris ? Voilà qui est plus extraordinaire. J'ai appris votre arrivée chez nous par la *Gazette de Hongrie*. Je ne voulais pas en croire mes yeux.

X..., pendant qu'on servait un excellent poisson du Danube appelé jogasch et le gulyas (morceau de bœuf étuvé, fortement épicé), donna quelques détails sur son voyage. Il prit plaisir à revoir, avec le souvenir, les fêtes qu'on venait de lui donner à Vienne. Puis, il parla du cordial accueil que lui avait fait, la veille, à Pesth, l'association des auteurs et des artistes. Aidé par sa mémoire encore fraîche et toute vivante, aiguillonné par le Ruster, un petit vin blanc hongrois assez capiteux, il raconta longtemps, si longtemps que la princesse W... fut obligée de l'interrompre :

— Laissons là toutes vos fêtes, dit-elle en souriant, et parlons un peu de Pesth. Qu'en pensez-vous ? Cela vaut-il le voyage ?

— Oui, mais seulement lorsqu'on est à Vienne et qu'on n'est plus séparé de votre bonne ville, comme vous l'appelez dans

votre lettre, que par cinq heures de chemin de fer ou douze heures de bateau.

— Cependant vous nous accorderez bien
quelques mérites : du cachet, une originalité quelconque ?

— Oui, l'arrivée par le fleuve est splendide ; les quais ne manquent pas de grandeur. Mais la plupart de vos rues ressemblent à certains quartiers de Vienne. C'est
toujours l'Autriche qui, d'aspect, à première
vue, est toujours l'Allemagne.

— Si Pesth vous laisse froid, Bude ne
vous dit-il rien ?

— J'allais vous en parler. Si ce n'était
l'affreux badigeon jaunâtre dont vous recou-
vrez vos vieilles murailles, je trouverais
Bude très pittoresque avec sa forteresse,
son château royal, ses terrasses dominant
le fleuve et ses églises dont la forme rappelle
celle des mosquées. On sent qu'ici l'Alle-

magne vient de finir et que l'Orient commence. L'imagination aidant, on descend
le Danube sur un de vos grands paquebots,
on arrive aux Portes de Fer, puis à la mer
Noire et bientôt en Perse ou à Constanti-
nople.

— Bien! vous voilà parti! Quel intrépide
voyageur vous faites! Veuillez vous arrêter et rester dans mon pays. Avez-vous
vu la galerie Esterhazy?

— Certes, et j'y ai noté des merveilles
dans toutes les écoles : des Van Dick, des
Jordaëns, des Ruysdaëls, des Rembrandt,
des Téniers, des Vélasquez, des Titien, des
Paul Véronèse de toute beauté.

— Je vous remercie, au nom de mes
compatriotes, de cette apparence d'enthou-
siame. Et l'île Sainte-Marguerite, qu'en
dites-vous?

1₃

— C'est un joli parc entouré par un grand fleuve ; rien de plus.

— Avez-vous visité nos bains ?

— Parbleu ! C'est une de vos curiosités, celle qu'on recommande le plus aux voyageurs. Pauvres gens !

— Vous n'avez pas été content ?

— Comment l'entendez-vous ?

— Je l'entends de toutes les façons, répondit la princesse W..., sans baisser les yeux.

— Eh bien ! le bain dans l'étuve commune est sale, et le bain en cabinet particulier, le bain complet, est laid.

— Si laid que cela ! Vous n'aimez donc pas le type hongrois ?

— Oh ! princesse, comment pouvez-vous me poser une telle question ? Vous savez bien que...

— Oh ! J'ai su. Les goûts changent.

Parlons seulement de mes compatriotes.
Alors celles que vous avez rencontrées...

— Au *Kaiserbad,* laissaient à désirer.
Peut-être sont-elles plus Allemandes que
Hongroises. En revanche, j'ai entrevu sur
vos promenades, dans vos rues, dans vos
magasins, quelques visages tout à fait ré-
jouissants, avec leurs grands yeux noirs
allongés, et surtout leur bouche aux lèvres
rouges, épaisses, saillantes, souvent retroussées.

— Tiens! Vous aimez ces bouches-là?

— J'en aime d'autres aussi, princesse.

— Mais celles-là sont vos préférées.
Vous êtes le second de mes amis qui parlez de la sorte. Un de vos compatriotes
proclame son admiration dans les mêmes
termes que vous.

— Qui donc?

— Le comte D...

— Ah! vraiment! Le comte D...

— Vous le connaissez?

—- Qui ne connaît pas à Paris ce Parisien pur sang qui assiste à toutes nos premières, et est de toutes nos fêtes, ce grand viveur et ce bon vivant.

— Savez-vous où il est en ce moment?

— Fin septembre? A Biarritz ou à la chasse.

— Je ne crois pas. Il doit vivre retiré dans quelque mystérieux asile.

— Lui! Pourquoi faire?

— Pour mieux savourer ses amours.

— D... amoureux! Que me dites-vous là?

— Ce qu'il m'a dit ou plutôt ce qu'il m'a écrit. J'ai reçu, ces jours derniers, le récit complet et détaillé de sa dernière aventure. C'est une petite nouvelle assez originale.

— Il travaille dans la nouvelle, maintenant?

— Sur commande, lorsqu'il est sollicité
par une vieille amie comme moi. Inquiète
de ne l'avoir vu nulle part depuis longtemps, je lui ai écrit : « Si vous êtes encore de ce monde, dites-moi ce que vous
faites. » Et, aussitôt, il m'a répondu :
« Voilà ce que j'ai fait ; voici ce que je fais ;
devinez ce que je ferai. » A cette lettre
des plus laconiques était jointe la nouvelle
en question.

— Dans quel genre, cette nouvelle ?

— Genre étude.

— Étude du cœur ?

— Non, des sens.

— C'est risqué alors ?

— C'est audacieux.

— Et vous avez lu, princesse ?

— Avec recueillement. C'était écrit à mon
intention par un ami que je retrouvais là

tout entier, avec ses qualités et ses vices, un ami qui m'est des plus sympathiques.

— A cause de ses vices ?

— Non, à cause du mélange. J'ajouterai que sa nouvelle, malgré certains côtés scabreux, est écrite avec une grande discrétion.

— Et beaucoup de points ?

— Non, D... n'en abuse pas. Il les dédaigne. C'est trop facile de dire au lecteur : « Ici, je m'arrête. Je ne sais pas comment vous expliquer cela. Vous essayerez de comprendre. Je laisse un blanc ; votre imagination le remplacera. »

— A défaut de points et de blancs, il se sert alors de sous-entendus, de mots à double sens ?

— Quelquefois, quand il ne peut faire autrement. Préférez-vous donc le mot tout cru ?

— On paraît le préférer aujourd'hui.

— Erreur! On ne le préfère pas, on le supporte, faute de mieux. Certaines femmes, croyez-le bien, ne pourront jamais se faire aux expressions risquées, aux trivialités de langage. Lorsqu'elles vivent comme moi, au grand air, en pleine indépendance, qu'elles sont un peu libres de propos et d'allures, qu'elles ont beaucoup vu, beaucoup lu, beaucoup entendu, beaucoup vécu si vous voulez, qu'elles sont curieuses de cœur, d'esprit et de tempérament, elles supporteront peut-être des conversations fantaisistes, des lectures accentuées, mais à la condition expresse qu'on leur parle la langue à laquelle elles sont habituées. Elles admettent l'audace dans l'idée, mais plus l'idée est osée, plus elles sont exigeantes pour la forme.

— En un mot, vous voulez, princesse, que la forme fasse passer le fond?

—Certainement.

— Cependant, certains fonds exigent quelque brutalité dans la forme. On ne peut pas tremper sa plume dans l'eau de rose, mettre des manchettes de dentelle, pour faire parler des rôdeurs de barrière ou peindre un tas de fumier.

— Quel besoin ai-je de vos rôdeurs de barrière et de vos tas de fumier? Ils me laissent fort indifférente. On s'est trop occupé, dans ces dernières années, de vilaines gens et de laides choses.

— Faut-il se borner à peindre la vertu?

— La vertu ne change rien à l'affaire. Certaines personnes la dépeignent avec tant de brutalité qu'ils la rendent indécente, tandis que d'autres, au contraire, qui ont l'art du savoir dire, en arrivent à rendre décent le vice même.

— Et, quand on l'a rendu décent, vous

n'êtes pas fâchée qu'on vous le présente?

— Non; à condition encore que ce soit un vice comme il faut, un vice lavé, peigné, brossé, assez bien couvert pour faire illusion. Ne reste-t-il donc plus rien à étudier, rien à apprendre, rien à creuser dans notre monde, sans qu'on fouille sans cesse dans l'autre, celui que nous voulons ignorer? Pourquoi nous faire descendre dans les sous-sols, les caves, les communs, les repaires, lorsqu'on peut nous faire monter au premier ou au second étage, nous ouvrir des salons, des boudoirs, des chambres à coucher qui nous sont inconnus et sur lesquels nous voudrions bien jeter un regard timide, furtif, mais pénétrant. Vraiment, messieurs les romanciers, vous négligez trop de plaire à certaines femmes curieuses de tout voir, avides de tout apprendre, parce qu'elles se sentent assez maîtresses

d'elles-mêmes pour s'instruire sans danger; osées d'esprit, d'esprit seulement,
pour vous complaire, se mettre à votre
niveau, et, grâce à leurs concessions, vous
retenir près d'elles au détriment de vos
cercles; des extravagantes, des folles, soit!
mais souvent des femmes honnêtes malgré
leurs allures, et toujours des femmes de
bonne compagnie.

— Comme vous parlez bien!

— Cela veut dire que je parle trop?

— Nullement. Au contraire.

— Alors, taisez-vous, écoutez et mangez
ce gibier tué par moi, hier, au *Sauwinkel*,
ce qui veut dire : l'enclos du sanglier.

— Je mange, je bois et j'écoute, trois
jouissances.

— Sensuel!

— Parbleu! Je me garderais bien de ne
pas l'être.

— Vous vous bornez, messieurs, reprit la princesse W..., à diviser seulement vos lectrices en deux ou trois catégories. Pour la première, celle des jeunes mariées qui se contentent de ce qu'elles viennent d'apprendre ; celle des vieilles épousées que leurs maris, par système, entretiennent dans une éternelle ignorance ; pour la catégorie enfin des sourdes et des aveugles, sans malice, sans curiosité et sans appétit, vous écrivez des romans doux, fades, émollients, rafraîchissants qui leur conservent leur chasteté première, et...

— Leur virginité morale, acheva X..., entre deux bouchées.

— Merci pour votre concours. A la seconde classe, composée des idéalistes de l'amour, au tempérament calme, mais au cœur chaud, vous distribuez des livres débordant de sentiment et de passion, de pas-

sion éthérée, où l'on ne rencontre que des
âmes en quête d'une autre âme, et d'où la
matière, qui a bien sa force cependant, est
rigoureusement bannie. Ces œuvres écrites
de haut, dans les nues, se font remarquer
souvent par des qualités de premier ordre.
Mais, depuis les romans de chevalerie, elles
n'ont pas varié ; c'est toujours le même dia-
logue modernisé, approprié au langage
usuel, la même conjugaison du verbe aimer
au passé, au présent ou au futur, à l'ombre
d'un arbre, dans un champ, ou sous un ciel
de lit. Elles ne nous apprennent rien de
nouveau, nous tiennent suspendues dans
l'espace et dédaignent de nous faire connaître les lieux que nous habitons, les hu-
mains avec qui nous vivons, les mœurs
de notre temps... Voulez-vous un doigt
de ce viel *Ofener ?* Je vous le recommande.

— Alors, princesse, donnez-m'en plusieurs doigts.

— Voici la main tout entière. J'ai acheté
votre attention, je continue.

— Je me suis vendu, j'écoute.

— Enfin, quand il s'agit de votre troisième
catégorie de lectrices, vous passez brusquement d'un extrême à l'autre. Autant vous
avez été modérés, circonspects, réservés
avec les premières et les secondes, moins
vous l'êtes avec les dernières. « Nous n'a-
vons rien à leur apprendre, dites-vous.
Elles ont déjà secoué l'arbre de science
pour en croquer tous les fruits. Nous leur
pouvons tout dire sans ménagement, sans
danger pour elles et sans crainte de les faire
rougir. » Alors, enchantés de notre immo-
destie présumée, parce qu'elle flatte la vôtre
et vous rapproche de nous, vous laissez
déborder vos goûts un peu vulgaires, ne

vous en déplaise. Vos instincts, vos pen-
chants, vos appétits trop matériels, longtemps contenus, remontent à la surface et
débordent. Vous vous lancez à corps perdu
dans le détail malséant, l'expression ris-
quée; vous vous plongez dans toutes les
trivialités. L'idée est souvent bonne, forte,
belle, mais vous la présentez de telle sorte,
qu'elle se perd, se flétrit, se salit et se dé-
compose.

— Prenez garde, princesse, vous allez
tomber dans le défaut que vous nous repro-
chez.

— Si je tombe, je me relèverai. Il n'en
est pas de même de vous : lorsque vous
tombez dans le vulgaire, vous vous y com-
plaisez pendant des chapitres, des volumes
entiers.

— C'est de la conviction.

— C'est de la provocation. Oui, vous semblez provoquer tous nos goûts à la révolte.

— Pourquoi nous lisez-vous ?

— Ah ! pourquoi ? pourquoi ? Parce que ces romanciers qui m'exaspèrent ont pour la plupart un vigoureux talent. Ce sont des coloristes, des anatomistes, des disséqueurs de premier ordre. Ils flattent nos goûts d'artistes ; nous oublions que nous sommes femmes et nous voilà sottement, follement, parties à leur suite. Un jour, ils nous conduisent au bord d'une rivière, silencieuse, limpide, ombragée, fleurie sur sa rive, ruisselante de soleil tout le long de son cours. Charmées, un peu rêveuses, nous marchons pleines de confiance, à leurs côtés, prêtes à les suivre longtemps encore, à les écouter toujours. Mais voilà que, tout à coup, ils nous quittent brusquement pour plonger au fond de la rivière, ramener un cadavre, l'étendre sur la berge et l'étudier dans sa décomposition, dans sa putréfaction. Le lendemain, ils entr'ouvrent la loge d'une actrice, jeune, jolie, en pleine gloire. C'est du nouveau pour nous, du fruit défendu. Elle nous est apparue au Bois, sur la scène, mais nous ne la connaissons pas en déshabillé. Notre curiosité tressaute d'allégresse, notre imagination sonne le tocsin. Nous entrons avec eux. Que vont-ils nous présenter, nous décrire ? La femme, l'artiste, n'est-ce pas ? Son visage, sa demi-nudité, ses mœurs ? Non, ils s'arrêtent pour analyser avec un soin minutieux sa cuvette pleine d'eau sale et ses autres ustensiles de toilette. Cette fois, ils nous font respirer une fleur : elle embaume, elle nous enivre ; nous y portons nos lèvres. Vite, ils nous montrent le ver qui la ronge ; ils étudient dans tous ses détails la pourriture qui l'a engendrée. Enfin, ils en sont arrivés, les misérables, à donner pour cadre à leurs plus jolies scènes d'amour des salles d'hôpital, des cimetières, des étables, des écuries. Leurs héroïnes, fortes en chair, hautes en couleur, de superbes Rubens, que nous ne pouvons nous défendre d'admirer, rêvent, se pâment et succombent sur des tas de fumier, en pleine fermentation, près d'une mare empestée. Est-ce vrai?

— J'avoue, princesse, que vous côtoyez assez habilement la vérité. Cependant les gens que vous maltraitez si fort ne vous ont-ils pas donné parfois des couchers de soleil grandioses, des sous-bois admirables et d'exquises pages d'amour?

— Sans doute. Mais, pourquoi les ont-ils écrites, ces pages? Afin de prouver que s'ils voulaient nous charmer, ils nous charmeraient et qu'ils ne le veulent pas, de parti pris. Ils les ont écrites pour mettre en valeur, en pleine lumière, les récits qui nous

2

choquent. En effet, chez eux, c'est le beau qui sert de repoussoir. Il est destiné à mieux faire ressortir la laideur, la monstruosité, les crudités de langage auxquelles nous ne pouvons pas nous habituer et qui nous font rougir, quoi qu'ils en disent.

— Rougissez-vous, vraiment ?

— Certes, insolent ! Si ce n'est pas notre pudeur qui se révolte, ce sont nos habitudes d'existence, d'élégance, c'est notre éducation. Oui, nos premiers principes d'éducation. Ils ne sauraient s'effacer ; c'est ce qui se perd le moins. Nous perdons l'honneur ; nous gardons les bonnes manières. Telle femme que les circonstances, ses instincts peut-être, ont rendue audacieuse en actions, a conservé une oreille délicate. Les mots malsonnants, risqués, grossiers, l'intimident et la blessent : « Mon cher, disait la marquise de B... à un débutant qu'elle dirigeait, faites ce qu'on vous permettra et même ce qu'on ne vous aura pas permis, mais ne dites jamais à une femme de notre monde, ce que vous allez faire et surtout ne rappelez pas ce que vous avez fait. » Beaucoup de femmes pensent ainsi. Elles sont indulgentes à certaines audaces; elles ne pardonnent pas certaines expressions. Elles admettent toutes les libertés, excepté la liberté de langage. Souvent, celui qui leur plaisait, qui allait atteindre le but, a manqué le coche pour avoir mal parlé. Il avait pris un baiser, on ne s'était pas récriée; il dit un mot léger, se permet une familiarité parlée, on l'éconduit.

— Vous en concluez, princesse?

— J'en conclus, mon cher, et je reviens ainsi à mon point de départ, que les romanciers devraient écrire pour une quatrième classe de lectrices auxquelles ils ne songent pas assez : celle des femmes qui savent déjà beaucoup, mais qui peuvent et veulent encore apprendre ; celles dont il faut flatter le palais, parce qu'elles sont des friandes de mystère et d'inconnu, plutôt que des gourmandes ; celles à qui le vice ne saurait déplaire, s'il reste élégant de tenue et de propos ; celles qui veulent bien sortir de leur milieu moral, mais à la condition qu'elles ne sortent pas de leur milieu physique ; celles enfin, chez qui, quatre sens sur cinq, sont très développés, très fins : l'ouïe, l'odorat, la vue, le goût.

Le dîner s'avançait : aux mets nationaux avaient succédé les pâtisseries et les glaces (*gefroncs*) de Kreuser ; aux vins hongrois, des vins de Dalmatie.

X...crut pouvoir dire à la princesse W...:

— Si nous revenions à la nouvelle du comte D...

— Revenons.

— Alors, d'après ce que je vois, l'auteur ne s'est pas écarté du langage qui vous plaît; il est resté dans le ton qui vous est cher.

— Oui, il dit assez, sans dire trop, et permet ainsi à mon imagination de jouer son rôle, de faire sa partie. On lui reprochera certainement l'absence de franchise, de force et de hardiesse dans l'expression. Pouvait-il en être autrement ? La réserve qu'il s'impose n'exclut-elle pas la vigueur ? Atteindrait-il son but s'il écrivait à coups de massue ? N'est-il pas juste d'ajouter qu'on trouve plus facilement le mot cru, et par conséquent le mot fort, parce qu'il est vrai, qu'un synonyme, une périphrase, assez clairs pour être compris, assez indécis pour n'être pas choquants ?

— Décidément, princesse, vous ne voyez

2.

plus que par votre ami D... Sa petite étude
a été sans doute pour vous un fin régal.

— Je l'avoue. Il y a eu régal pour ma
nature de curieuse et de chercheuse, pour
mon imagination un peu dévoyée peut-être,
et pour mes goûts de mondaine.

— Et vous n'inviterez personne à se ré-
galer avec vous ?

— Qu'entendez-vous par là ?

— J'entends que cette étude qui vous
plaît, plairait peut-être à d'autres.

— Sans doute, aux lectrices de ma quatrième classe : les audacieuses délicates.

— Eh bien ! La charité ne vous ordonne-
t-elle pas d'avoir pitié de vos semblables ?

— Vous voulez que je les réunisse pour
leur lire à haute voix l'étude de D..., leur
faire une conférence ?

— Je n'en demande pas tant. Mais, peut-être, avez-vous entendu parler de l'invention de l'imprimerie ?

— L'imprimerie! je devine. Vous ne perdez pas de vue votre petit métier. Vous songez à publier l'œuvre de mon ami ?

— Pourquoi pas ?

— Il faudrait d'abord la permission de l'auteur. Où le trouver et la donnera-t-il ? C'est un épisode de sa vie qu'il raconte ou plutôt qu'il m'a raconté. Il ne désire peut-être pas que tout le monde connaisse son aventure.

— Je vous donne ma parole de ne jamais parler de lui, de ne jamais dire son nom.

— Je ferai valoir cette considération. Mais ne vous y trompez pas : dans cette nouvelle, l'action est presque nulle; l'intérêt dramatique fait défaut. C'est une sorte de monologue où D... se met en scène, raconte ses impressions, soulève un coin du

voile qui nous cache le Paris mystérieux.
Mystérieux pour nous autres femmes, bien
entendu ; pour vous, messieurs, et aussi
pour quelques personnes de mon sexe, il
n'y a plus de mystères. C'est surtout l'étude
d'un cas pathologique, comme disent les
érudits, je crois.

— Permettez-moi de lire, et je jugerai.

— Nous verrons cela. En attendant,
allumez un cigare ; ma cigarette vous donne
l'exemple.

Quelques semaines après, X..., de retour
en France, reçut par la poste le manuscrit
qu'on lui avait fait espérer, et voilà comment cette nouvelle, d'essence toute parisienne, écrite par un Parisien endurci, arrive en droite ligne de Buda-Pesth, du pays
où l'Europe est près de finir et où l'Asie va
bientôt commencer.

II

C'est une fuite générale, une véritable émigration, depuis le jour où a été couru le grand prix de Paris. Tous et toutes, amis et simples relations de club, grandes et petites dames, celles qu'on salue respectueusement, avec qui l'on est heureux de se faire voir, et les autres qu'en passant on caresse seulement du regard et du sourire, tout mon monde enfin, le vrai et le postiche, a pris sa volée vers d'autres climats. Trouville, Étretat, Dieppe les reposent des fatigues de l'hiver, les retapent pour la saison

prochaine. Luchon, Cauterets, Vichy les
baignent, les douchent, les gargarisent,
restaurent leurs voix enrouées, donnent de
l'élasticité à leurs membres endoloris, leur
refont une santé, une jeunesse, un renou-
veau. Bref, Paris, notre grand Paris, est
aux champs, dans la forêt, sur la montagné,
partout excepté à Paris.

Hier et avant-hier, j'ai passé en revue
les quatorze cercles dont je suis membre.
Oui, quatorze, pas un de moins. Cela ne
veut pas dire que je me prodigue dans
tous. J'ai le droit d'y aller, voilà tout et,
d'ordinaire, il suffit qu'on jouisse d'un droit
pour ne jamais l'exercer. C'est par or-
gueil, pour que personne ne conteste mes
parchemins et mon titre que je me suis
fait recevoir à l'*Union*, le plus exclusif,
le plus entiché de noblesse de tous les
cercles de Paris. C'est aussi par amour-

propre, pour dire : « J'en suis », que j'appartiens au *Jockey* et à *l'Agricole.* Je fais
partie des autres, le *Petit Cercle,* le
Cercle des *Champs-Élysées* (ancien *Impérial),* les *Mirlitons*, les *Ganaches*, les
Éclaireurs, les *Deux Mondes*, le *Cercle
Volney*, par faiblesse, pour plaire à quelques amis et pour me trouver avec eux.
Le puissant attrait du baccarat devait
m'entraîner au *Sporting*, au *Yack-Club*,
aux *Américains*, et les fêtes uniques que
donne la *Presse* m'ont décidé à m'y faire
admettre. C'est ainsi qu'un cercle vous
entraîne dans un autre et qu'on finit par
tourner dans un grand cercle vicieux.

Eh bien ! j'ai rapporté de ma longue promenade dans mes nombreux domaines, la
plus fâcheuse impression. L'*Union* où j'ai
dîné, a conservé, malgré l'époque, son excellente table, la meilleure de Paris avec

celle de l'*Agricole*, mais les convives sont tellement clairsemés, que mon estomac en a été tout attristé, ce qui ne lui vaut rien.

Dans les salons déserts du *Jockey*, la causerie se meurt, la chronique mondaine est morte. On voit errer seulement quelques fidèles des grandes écuries. Ils viennent jeter un coup d'œil sur le livre des paris, parler entraînement, prendre langue pour les courses d'automne. Tous ont oublié la partie de bézigue qu'ils suivaient avec intérêt l'hiver dernier, de cinq à sept, lorsque le baron G... faisait la *chouette* à cinq francs le point, et disait, les jours de perte, à ses partenaires : « Messieurs, gardez-moi le secret. Si mon frère Alphonse apprenait que j'ai perdu, il me gronderait! »

Au *Cercle des Champs-Élysées*, j'ai revu avec plaisir l'argenterie et la vaisselle aux armes impériales que l'Empereur et l'Impératrice nous ont données et dont nous continuons à nous servir, après avoir toutefois relégué au grenier les portraits de nos donateurs. Mais, là aussi, de jeu, il n'est plus question. L'écarté même chôme par suite de l'absence de Br.., qui tenait tête à tous ; de H. C..., l'ancien ministre de l'empire ; de P..., le héros des concours hippiques ; des deux S... ; et des trois comtes : Abraham, Isaac, Nessim, dont le dernier, non content d'avoir donné Lucienne à Mme de L.... lui cherche en ce moment le petit nègre de la Dubarry.

La noblesse angevine, en majorité au *Sporting*, se repose dans ses terres. Que peut-elle faire de mieux ? Le comte de C..., un de ses collègues les plus aimés, n'est plus là pour répandre sa bonne humeur, tailler, ponter et perdre. .

Aux *Mirlitons*, j'ai trouvé trois personnes.
Quand je dis : j'ai trouvé, j'exagère. Elles
se sont enfuies à mon approche, honteuses
d'être surprises en flagrant délit de place
Vendôme, au mois de juillet. Pour ne pas
les gêner, je me suis rabattu sur la *Presse*
où, dit-on, le baccarat ne chôme jamais.
Erreur! Là, encore le vide, toujours le vide.
Cependant, vers onze heures du soir, au
milieu d'un grand silence, Charles L...
s'est écrié sans conviction et sans espoir :

— « Messieurs, y a-t-il un petit banquier
à dix louis? » Une voix triste a répondu :
« Allez-y ! » Et alors, quelques malheureux
pontes, dernières épaves des naufrages de
l'hiver précédent, après s'être rangés mé-
lancoliquement autour de la table de jeu et
avoir tiré de leur poche quelques vieux
jetons, tout étonnés de leur appartenir
encore, se sont livrés au terrible travail qui

consiste à gagner avec des cartes le pain quotidien, ce que les joueurs appellent la *matérielle*.

Décidément, tout cela manque de séduction et je me suis trop attardé. Il est temps de partir à mon tour, de commander mes malles, de prendre mon ticket, d'aller retrouver, au nord ou au midi, tous ceux avec qui j'ai toujours vécu, sans lesquels je ne saurais vivre, toute ma troupe de Parisiens et de Parisiennes envolés.

Qu'est-ce qui me retiendrait ici ? La question d'argent ? Elle ne m'a jamais inquiété. Je suis riche, et ma fortune, solidement placée, est à l'abri de tous les *krach*. Mes affaires ? Je n'ai jamais rien fait. Si. Mon droit. Mais cela compte-t-il ? Après ce grand effort, je me suis arrêté pour regarder travailler les autres et profiter de leur travail. Tous les livres nouveaux, littéraires ou scientifiques, m'ont été adressés par leurs éditeurs. Je ne prétends pas avoir tout lu, mais c'est déjà bien joli d'avoir tout acheté. Quant aux pièces, jouées depuis vingt ans, de la Comédie-Française au Château-d'Eau, elles me sont connues : comédies, drames, vaudevilles, féeries, ballets, opéras, opérettes. J'ai porté mon obole aux grandes scènes et aux bouis-bouis. Je puis me vanter d'avoir encouragé les arts sous toutes leurs formes et quelques artistes de la danse, du chant et de la comédie. Cela ne valait-il pas mieux que d'écrire de mauvais livres, et de faire de mauvaises pièces?

Si j'ai cru aussi devoir me priver de barbouiller des toiles et de les envoyer à l'Exposition, en revanche, c'est moi et d'autres Mécènes de mon espèce, qui avons contribué à la fortune des peintres d'aujourd'hui. Par suite de la concurrence organisée par nous, les marchands sont obligés de se montrer plus généreux, et une hausse accentuée se produit. Nous payons nos caprices cinq fois plus cher qu'autrefois ; notre bourse en souffre, mais les arts s'en trouvent bien ; c'est l'essentiel. Non content de faire une galerie de paysages, de tableaux de genre, de natures mortes, de marines, j'ai poussé l'abnégation jusqu'à commander trois fois mon portrait de grandeur naturelle et quatre fois mon buste en terre cuite, en cire, en marbre, en bronze. Ces œuvres m'ont coûté un prix fou, mais aucune d'elles n'est ressemblante : c'est une consolation.

Bref, je ne suis ni homme de lettres, ni peintre, ni avocat, ni député ni même même ministre intermittent. Je ne suis rien, absolument rien. Je n'ai jamais rien fait et j'espère bien ne jamais rien faire.

Mes nombreux travaux ne me retenant pas à Paris, voyons si j'y suis retenu par autre chose. Mes amis, mes relations? J'ai dit qu'ils s'étaient ensauvés. Un père, une mère âgés et qu'on n'ose pas quitter dans la crainte de ne plus les revoir? Hélas! je les ai perdus. Une femme, des enfants? Je ne suis pas marié, malgré mes trente-cinq ans qui viennent de sonner. J'ai su échapper à tous les périls. Une maîtresse? Je n'en ai pas; je ne suis même pas bien sûr d'en avoir jamais eu. Dispensez-vous de sourire; épargnez-vous toute supposition désobligeante. Je me porte à ravir. Aucun médecin ne peut se vanter de m'avoir tâté le pouls. Mes épaules sont carrées, ma poitrine est suffisamment bombée. Aux *Mirlitons*, nos amis S... et de B..., les héros de la salle d'armes, avec qui j'ai si souvent tiré, vous diront des nouvelles de mon biceps;

et, quand je tiens un cheval entre mes genoux, il n'est pas, croyez-le, tenté de faire des écarts. Je possède encore des cheveux, rareté aujourd'hui ; mon œil est vif, mes dents sont belles, et sans se pâmer à ma vue, ce qui me gênerait fort, les femmes disent de moi : « Il n'est pas mal ! »

Eh bien ! oui, malgré tous ces avantages, je n'ai pas de maîtresse. Pourquoi ? Vous voulez le savoir ? Soit !

Parce que j'aime trop la femme pour aimer une femme.

III

Oui, j'aime la femme avec ma tête, mon imagination, mon esprit, mes sens et, par accident, avec mon cœur. Je l'aime sous toutes ses formes, sous toutes les faces, sous tous les aspects, avec toutes ses variétés de couleur : pâle ou le sang à fleur de peau, cuivrée ou blanche, blonde, brune, rousse, crépée et crépue. Je l'aime potelée, un peu forte, un peu grasse à la mode orientale. Mais je ne déteste pas, certains jours, les fausses maigres et même les vraies maigres ; elles ont leurs qualités. Une femme

grande, très grande, plus grande que moi,
ne m'est pas désagréable, j'ai de la peine
à me hisser jusqu'à elle et les difficultés
m'aiguillonnent. Quand elle est toute petite,
je la prends dans mes bras pour la porter
à mes lèvres et j'en suis ravi : une femme,
qui perd pied, perd bientôt la tête.

J'aime ce qu'elles me donnent et aussi ce
qu'elles me refusent; ce qu'elles me montrent et plus encore ce qu'elles me cachent.

La femme du monde m'émeut, la bourgeoise m'enchante, l'ouvrière m'intéresse,
la fille m'amuse.

Je me trouve très bien auprès d'une igno-
rante et d'une ingénue, sans dédaigner pour
cela le savoir et l'expérience. L'esprit de
celle-ci me charme et m'émoustille; la bê-
tise de celle-là me repose. D'ailleurs, pour
moi une jolie femme n'est jamais bête : elle
a son genre d'intelligence.

3.

Si elles ont du cœur, je leur parle de leur
enfance et je pleure avec elles ; si elles n'ont
que des sens, je me tais et je n'en suis que
plus éloquent.

La grande jeunesse ne m'est pas indifférente, mais la seconde jeunesse me remue
davantage. Quant à la troisième, elle est
souvent pleine de saveur, fortement épicée,
et je sais en tirer un bon parti.

Enfin, je les aime tant que je ne tiens aucun compte de leur nationalité. Elles peuvent venir, sans que je les fuie, d'un pays
hostile au mien : près d'elles, je ne crois
qu'à la revanche de l'amour. Je confonds
dans une même sympathie toutes les races
et tous les types : les femmes du midi et les
femmes du nord, celle de l'occident et celles
de l'orient. L'Allemande riche de formes et
et forte en couleur, à la fois matérielle et va-
poreuse, m'exalte et me fait rêver. La froi-

deur des Anglaises me réchauffe : c'est un exercice salutaire que d'essayer de rompre la glace. La Russe a trop de rapports avec la Parisienne pour que j'en pense du mal ; elle est même, en certains cas, une Parisienne perfectionnée. J'ai un culte pour l'Espagnole aux yeux électriques, aux hanches rebondies ; ce qui ne m'empêche pas d'apprécier le regard tendre, la poitrine envahissante et les jolies dents de l'Italienne. Je ne déteste pas l'Orientale sous ses grands voiles, mais je la préfère lorsqu'elle les laisse tomber. Enfin, je ne crains ni l'Indienne, ni la Chinoise, ni les femmes de Java, ni celles de Ceylan, ni même la négresse quand elle vient du Sénégal ou du Soudan.

Pour parler avec tant d'enthousiasme de ces femmes exotiques, vous les connaissez donc ? me dira-t-on. Vous avez pénétré dans leur pays, vécu dans leur intimité,

vous les avez étudiées sur le vif? Vous
êtes un grand voyageur, un explorateur, un
Stanley en femmes?

Nullement. J'ai fait mes classes à Paris,
mes études chez moi ou dans mon quartier.
Je suis un grand explorateur, mais un
explorateur en chambre. J'estime qu'un
Parisien, riche, et suffisamment généreux,
un Parisien qui sait son métier de Parisien,
peut sans quitter sa maison, les pieds sur
les chenets, goûter aux produits du monde
entier et les trouver d'autant meilleurs qu'ils
viennent de loin. Un ananas qu'on mange
dans le pays des ananas, n'est qu'un ananas ; on n'en fait pas plus cas que d'une
pomme. S'il vient du Brésil, dans une boîte
en fer blanc, on le convoite des yeux, on
respire avec ivresse ses aromes d'outre-mer
et on le croque voluptueusement.

C'est après avoir causé avec plusieurs

grands voyageurs, des vrais ceux-là, que j'ai résolu de ne jamais quitter Paris.

« — Les femmes de Ceylan et celles de Java sont très agréables, n'est-ce pas? leur disais-je. — Très agréables, répétaient-ils comme un écho. — Aussi, lorsque vous étiez là-bas, dans le pays, vous les cultiviez? — Lorsque nous étions là-bas, répétaient-ils en chœur, nous n'avions qu'une pensée : entrevoir une Parisienne. Nous aurions donné toutes les almées d'Égypte, toutes les bayadères de l'Inde, pour une troisième danseuse du corps de ballet de la Porte-Saint-Martin. — Nos Parisiennes sont donc préférables à toutes ces créatures? — Non, pas toujours; mais, loin de Paris, on n'aime que ce qui rappelle Paris. »

J'en ai conclu qu'il était inutile de voyager si l'on devait regretter d'être parti. Pourquoi quitter mes boulevards si je suis

condamné à les pleurer sans cesse ? Quelle
folie de courir après des femmes de toutes
les couleurs, si à leurs côtés, je ne dois
rêver qu'à la couleur blanche !

Oui, mais par suite de ce raisonnement,
si je reste à Paris, entouré des mêmes
horizons, sous les mêmes ciels de lit, le
regard fixé sur des visages pâles, je n'aurai qu'une pensée, un désir, une idée fixe :
changer de perspective, varier mes points
de vue, m'élancer vers l'inconnu. Et, c'est
alors que je me suis fait voyageur en
chambre, explorateur à domicile. Suivant
l'exemple de ces armateurs du Havre ou de
Marseille, qui, sans sortir de leur bureau,
frètent des navires avec mission de leur
apporter les produits du monde entier, j'ai
dit à des capitaines, des consignataires, des
courtiers : « — Vous savez, si vous trouvez
là-bas, à Madras ou à Bombay, à Lima, à

Rio-Janeiro et même, sans aller si loin,
dans vos ports de relâche à Malte, à Naples,
à Barcelone, une jolie curiosité, un petit
chef-d'œuvre de la nature, quelque chose
de bien fait, d'agréable à l'œil, de doux au
toucher, expédiez-le-moi. Si c'est trop ca-
suel, apportez-le vous-même. Vous en aurez
soin à bord. La première fraîcheur dispa-
raîtra sans doute pendant la traversée, mais
je me contenterai de la seconde. » Munis de
ces instructions, au courant de mes goûts,
pénétrés de ma pensée, avec de bonnes
lettres de crédit, plusieurs personnes ont
bien voulu voyager pour moi et me rap-
porter quelques beaux produits indigènes,
des échantillons qui donnaient envie d'a-
cheter toute la pièce.

Et, c'est ainsi qu'après avoir encouragé,
toute ma vie, les sciences et les arts, comme
je l'établissais tout à l'heure, j'ai rendu

aussi de grands services à l'exportation, au
libre échange, que j'ai étendu nos relations
commerciales dans le monde entier. Autrefois, les indigènes de tous les pays disaient : « Qu'irions-nous faire en France,
à Paris? On ne nous regardera même pas.
Les Parisiens sont trop civilisés. pour s'occuper de sauvages comme nous. » Quand
ils ont vu qu'on les demandait, au contraire, qu'on leur offrait des avantages
pour s'exporter, ils se sont exportés d'eux-
mêmes, sans intermédiaire, sans courtier.
De jeunes Italiennes ont quitté par une belle
nuit Naples, Venise, Florence et Milan pour
se diriger d'abord vers Monte-Carlo, près
de leurs frontières. Elles ont rencontré,
apprécié quelques-uns d'entre nous et, afin
de nous connaître mieux, de nous apprécier
en masse, elles sont montées dans l'express
de Paris. Le même mouvement s'est opéré,

du fond de l'Espagne, sur Biarritz, Bordeaux et la ligne, tandis que les Autrichiennes et les Hongroises quittaient Vienne et Pesth pour se diriger vers nos frontières du Nord, que les Danoises, les Écossaises, les Londoniennes, de leur côté, se rapprochaient de nous. Des Américaines du Nord et du Sud, quelques Africaines, plusieurs Asiatiques se sont mêlées à cette grande émigration. Bref, de l'Orient et de l'Occident, du pôle nord et du pôle sud, des quatre points cardinaux, la femme s'avance vers Paris, entraînée, envahie par l'amour international.

IV

Je récolte ce que j'ai semé ; je suis récompensé de toutes mes peines. J'ai d'abord
la joie de me dire que Paris, mon bien-aimé
Paris, est devenu, grâce à moi, le but de
toutes les émigrations, le centre de toutes
les attractions, qu'on peut y étudier toutes
les variétés de l'espèce féminine. Plus de
voyages au long cours ! Nous avons à notre
portée, nous trouvons sous notre main, ce
qu'il fallait autrefois aller chercher si loin.
Ce qu'on trouve moins, par exemple, maintenant, à Paris, c'est la Parisienne, la vraie,

l'ancienne. Elle existe encore, mais elle se
fond, peu à peu, dans la masse des enva-
hisseuses. Comme toutes les grandes races,
elle est absorbée, mangée par les bar-
bares.

A côté de ces grandes satisfactions morales, j'éprouve d'autres petites joies in-
times. Je n'ai plus besoin, par exemple,
comme autrefois, quand je lançais mon idée,
d'envoyer à grands frais des émissaires au
loin, de prendre l'affaire à mes risques
et périls, d'encourager l'émigration de
mes deniers. Elle a lieu d'elle-même, tout
naturellement et j'en profite sans bourse
délier.

Quand je dis sans bourse délier, j'exagère un peu. Il y a toujours quelques me-
nus frais. La Parisienne, installée à Paris,
dans son hôtel ou son appartement, entourée de tributaires qui lui paient chacun un

petit impôt pour l'aider à payer les siens
peut avoir des caprices, des lueurs de désintéressement dont les habiles savent profiter. Mais l'Anglaise, l'Italienne, l'Espagnole sont obligées pour vivre de mettre
une sourdine à leur cœur et de songer seulement à leurs intérêts. Elles nous ont con-
quis ; nous devons supporter les frais de
la guerre. Puis, en attendant qu'elles aient
pignon sur rue, elles n'habitent pas, elles
campent dans quelques maisons complai-
santes qui frappent les visiteurs de certaines
redevances. Rien de plus juste : grâce à ces
centres hospitaliers, nous savons où rencontrer nos voyageuses et elles peuvent
nous recevoir avec les honneurs qui nous
sont dus, les raffinements de luxe que nous
n'aurions pas trouvés sous leur tente.

Ces lieux de rendez-vous qu'Eugène Sue
aurait certainement décrits dans ses *Mys-*

tères de Paris, s'ils avaient existé de son
temps, sont nombreux; mais quatre seulement jouissent de quelque faveur. Ils ont, à
leur tête, les hautes et puissantes dames :
Lareine, Lenoue, Valence de Vernon et Baronne. De la première, j'aurai à parler plus
tard. La seconde, qui a créé le genre, est
maintenant propriétaire d'un bel immeuble
et ne travaille plus que par goût, pour encourager les arts et surtout les jeunes artistes. La troisième qui fut longtemps la
maîtresse d'un duc célèbre, se fait toujours
remarquer par son amour du jeu et des
diamants. La quatrième, Baronne, ancienne
concierge d'un grand cercle, où elle s'était
créé des relations, a quitté sa loge pour
prendre un luxueux appartement dont les
murs, s'ils étaient bavards, en raconteraient
de belles sur la plupart de nos impures et
sur quelques-unes de nos jolies artistes. Ils

pourraient même, dit-on, compromettre
certaines mondaines, car il existe chez Baronne un logement spécial, avec entrée
particulière, désigné sous le titre, évidemment mensonger, d'appartement des femmes
du monde. Colossale, monumentale, cette
Baronne, toujours appuyée sur un para-
pluie qui lui sert de canne, la tête recou-
verte d'une grosse perruque blanche frisée,
est d'aspect tout à fait imposant et réjouis-
sant.

Il ne faudrait pas confondre les logis en
question, ces asiles d'amoureux sans asile
et sans amour, avec certaines maisons au-
torisées par la préfecture de police et déjà
esquissées par deux romanciers, dans le
N° 13 de la rue Magloire et *La Maison
Tellier*. Leurs asiles ressemblent aux nôtres
comme une boulevardière à une courtisane
de haute volée, une femme du peuple à une

femme du monde. D'un côté, du leur, c'est le vice commun, à bon marché, à prix fixe, nu, effronté, sans imprévu ; de l'autre, c'est toujours le vice, mais le vice luxueux, à demi voilé, avec des velléités de décence, de retenue, et parfois, rarement par exemple, quelques surprises. Dans les premiers, tout est cynique, les plus naïfs ne peuvent se faire la moindre illusion. Dans les autres, il existe quelques réticences, et des gens de beaucoup d'imagination — oh! il en faut beaucoup — peuvent se croire en bonne fortune. Des deux côtés, il ne s'agit que d'une question d'argent. Mais, là-bas, elle se traite avec brutalité et on ne la perd pas un instant de vue ; ici, elle se discute en dehors de la personne chargée d'exécuter le contrat. Elle peut paraître l'ignorer et garder les apparences du désintéressement.

Comment se sont formés ces lieux de rendez-vous ? Il est peut-être intéressant de le rechercher. C'est un des côtés de l'histoire de Paris, de ses organes, de ses fonctions et de sa vie.

V

Quelques femmes vouées au culte de Vénus, un peu fatiguées de longues dévotions trop actives, eurent d'abord l'idée d'élever à leur déesse favorite un temple dont elles se constitueraient les gardiennes et où sacrifieraient de jeunes prêtresses. Elles pensaient pouvoir prendre ainsi quelque loisir et n'être plus que des dévotes passives, tout en continuant à vivre des frais du culte.

De la théorie, elles passèrent bientôt à la pratique : au premier ou au second étage

4

d'une maison d'apparence honnête, bourgeoise, dans un appartement bien clos, presque luxueux, elles appelèrent quelques
amants de vieille date. Puis, sous le prétexte qu'elles ne suffisaient pas à les distraire, elles prièrent quelques jolies femmes
de mœurs accommodantes, mais encore peu
connues, de leur tenir compagnie. Celles-
ci se rendirent à ce désir, par désœuvrement, par curiosité, le plus souvent parce
qu'elles étaient leurs obligées, avec l'espé-
rance aussi de trouver chez elles un protecteur sérieux, de nouer une intrigue du-
rable. Le protecteur sérieux ne s'étant pas
rencontré, on finit par en prendre de moins
sérieux, de petits protecteurs d'occasion
qui faisaient la monnaie de l'autre. On rem-
plaçait ainsi la qualité par la quantité.

L'idée grandit : les premiers initiés pro-
posèrent à quelques amis de les initier à leur

tour. Les premières vestales dirent à leurs
compagnes : « Venez avec nous; vous ne
vous en repentirez pas. » Et, peu à peu, le
bruit se répandit dans Paris qu'on venait
d'ouvrir de nouveaux temples discrets,
mystérieux, consacrés ostensiblement à
Vénus, mais en secret à Plutus, le Dieu
des richesses et de la fortune.

Une si grande nouvelle devait faire son
chemin dans un certain monde où Vénus
et Plutus réunis sont fort en honneur. Elle
circula bientôt dans les coulisses de théâtre,
en commençant par les petits pour monter
jusqu'aux grands, dans les magasins, au
milieu d'ouvrières aux maigres appointements, aux grandes convoitises. Puis, elle
fit un bond du rez-de-chaussée au quatrième
étage, chez les femmes de modestes employés, restreintes à des ressources déri-
soires, cloîtrées dans un budget infime,

condamnées à la gêne, à la médiocrité, aux privations de toutes sortes et aux envies qui en découlent.

Du quatrième étage, la nouvelle toujours grossissante redescendit au troisième, au deuxième, au premier, jusqu'à la femme du monde, écrasée depuis longtemps sous le poids de ses dettes, menacée, insultée parfois par ses créanciers personnels, sans volonté pour se confesser à son mari, sans force pour changer son train de maison, résolue à ne pas déchoir, à soutenir toujours son luxe, à tout prix.

Et, alors, peu à peu, on vit des quatre coins de Paris, se diriger vers le temple une longue file de pénitentes voilées, à pied ou en fiacre : femmes entretenues se trouvant mal entretenues ; femmes avides de liberté, redoutant les amants à domicile qui peu à peu s'installent et deviennent

les maîtres; demoiselles de magasin en
quête d'un capital pour s'établir à leur
compte; artistes sans engagement ou en-
gagées dans le vice; comédiennes plus sérieuses, mêlant au culte de l'art le culte
de l'argent; petites bourgeoises aux abois;
grandes bourgeoises affolées; étrangères
venues de leur pays pour s'enrichir à nos
dépens, se constituer une dot et retourner
chez elles épouser l'homme de leur choix ou
vivre suivant leurs goûts.

VI

« Pour si bien connaître ces temples, leurs gardiennes et leurs prêtresses, vous y êtes donc entré, me demande-t-on, vous les avez étudiés?

— Oui, je le confesse.

— Et le respect de vous-même, qu'en faites-vous?

— Le respect de moi-même, je le sacrifie au respect des autres.

— Quels autres? Nommez-les.

— C'est facile. Les maris, d'abord, qui vous ont ouvert leur maison, vous tendent

la main, vous estiment, vous aiment parfois, et que, vous qui parlez, vous trompez,
sournoisement, lâchement; les pères de
famille dont vous trahissez la confiance en
essayant de surprendre le cœur de leurs
filles; les amis dont vous volez la maîtresse;
les femmes à qui vous faites mille serments
que vous savez ne pouvoir tenir. Car, vos
amours que vous croyez supérieures aux
miennes ont eu pour point de départ un vol,
un rapt, ou un parjure. Vous rencontrez
une femme, elle vous plaît; vous essayez de
vous en faire aimer; elle lutte, elle se débat,
elle succombe. Après? Avez-vous réfléchi
aux conséquences de cette chute? Si cette
femme était honnête, si elle n'aime que
vous et ne doit aimer que vous seul, avez-
vous la ferme intention de n'aimer qu'elle,
de la protéger, de la secourir toute votre
vie? Non; ou bien vous aviez l'intention,

mais rien que l'intentio⁻. Vous n'êtes donc pas un honnête homme ; vous ne vous respectez pas vous-même. Si, au contraire, avant de vous connaître, elle avait déjà et souvent succombé, si elle a l'habitude des chutes, pourquoi, vous qui me donnez des leçons, au lieu de la relever, l'aidez-vous à tomber de nouveau, à rouler dans la fange ? Ne craignez-vous donc pas d'y rouler avec elle ?

Ah ! tenez, vos grands airs de vertu me révoltent ! Si vous voulez être vertueux, soyez-le tout à fait. Mais, avec nos mœurs, il n'existe qu'une façon de l'être : se marier et garder sa foi à une seule femme, l'épouse, la mère. En dehors de cela, il n'existe rien, tout est mensonge, duperie. Eh bien ! moi que vous blâmez, je ne mens à personne, je ne vais pas dans les salons, dans les boudoirs, dire à celle-ci : « Vous êtes char-

mante, je vous adore. Trompons ensemble
votre mari, votre amant, votre famille ; trom-
pez-vous vous-même qui jusqu'alors avez
cru en votre vertu ! »

Je ne vais pas davantage dans les man-
sardes, dans les ateliers d'ouvrières, chez
les femmes de petits employés, chez les
femmes honnêtes pour essayer de les ten-
ter avec des billets de banque et profiter
de leur gêne, de leur embarras, de leur faiblesse, de leur misère.

Je ne provoque aucune chute, je ne
creuse aucun fossé. Je me promène seulement autour des fossés et quand quelqu'un
y tombe, en criant : « Venez ! venez ! » je
vais voir, parce qu'une femme qui est déjà
dans le fossé ne court plus de risque de
tomber, et que je n'aurai pas sa chute sur
la conscience.

Je vous vois encore venir. Vous dites :

« S'il n'y avait pas des gens comme vous
pour se promener autour des fossés et y descendre au premier appel, on n'en creuserait
pas tant. On les creuse, à votre intention,
pour vos vices. » Autrement dit, s'il n'y avait
pas d'hommes pour acheter les femmes,
aucune ne se vendrait. C'est très juste.
Alors, vous vous chargez de les faire vivre,
n'est-ce pas ? Vous admettez qu'il existe
en France un nombre égal d'hommes et de
femmes ; chacun a sa chacune et pourvoit à
tous ses besoins, la fait vivre et bien vivre.
Ou bien, si vous le préférez, l'homme travaille et la femme travaille de son côté.
Toutes les carrières, toutes les industries
sont ouvertes à la femme : elle peut devenir
avocat, médecin, banquier, législateur et
elle reçoit un salaire égal au nôtre. Son
imagination, ses sens, son cœur ne chô-
ment jamais : si elle est jeune fille, un

fiancé se présente. Si elle est veuve, vite elle trouve un autre mari. Si ses parents l'ont unie à un vieillard, à un infirme ou à quelque misérable, aussitôt elle se plaint, et on la marie de nouveau.

Malheureusement, il n'en est rien. Nos mœurs, notre législation, nos vices s'opposent à ces arrangements. Certains hommes ont dix femmes qu'ils nourrissent et font vivre; certaines filles ne peuvent trouver un seul mari. Celles-ci voudraient travailler, produire, gagner leur pain. Elles ne le peuvent pas. On leur dit partout : « Ce n'est pas votre affaire. » Et, après avoir longtemps poursuivi le travail et le mariage qui. les fuient, elles n'ont plus que deux ressources : mourir de faim, de désirs inassouvis, ou rouler dans le fossé.

Est-ce donc moi et mes complices qui les y avons fait rouler? Non, c'est la faute de notre

organisation sociale, c'est la fatalité, la dé-
vcine, attachées à certaines créatures, tandis
que d'autres prospèrent sans qu'on sache
pourquoi. C'est votre faute, surtout à vous,
gens vertueux, qui après les avoir aimées,
les avez quittées sans assurer leur existence, qui vous êtes marié sans pouvoir
nourrir votre femme. C'est votre faute aussi
à vous, pères de famille, qui mangez tous vos
revenus, élevez vos filles dans l'oisiveté et
le luxe, sans songer à leur dot, et êtes
obligés de les marier plus tard à un mari
pauvre comme elles. Cette médiocrité d'existence qu'elles ne connaissaient pas leur
pèse et elles essaient d'en sortir.

En somme, toutes ces malheureuses,
qu'elles viennent de loin ou de près, de
l'Italie, de l'Espagne ou de la Chine, en
fondant sur nous des espérances que notre
dépravation leur a données; qu'elles des-

cendent de Belleville en petit bonnet, le
nez au vent ; de la rue du Sentier, de la
Chaussée-d'Antin ou du boulevard Hauss-
mann, en robe de soie et le voile baissé ;
ces malheureuses, dis-je, ont besoin de
moi et de mes semblables et sont fort heu-
reuses de nous trouver. Si elles ne nous
avaient pas, avec nos habitudes d'élégance
et notre générosité relative, au lieu de tomber dans un fossé assez moelleux, du reste,
capitonné de soie, beaucoup d'entre elles
tomberaient dans la fosse commune.

VII

— Mais, en vérité, monsieur, vous me confondez, me dit une voix de femme honnête. Vous ne parlez que d'amours payées, de femmes qui se vendent. N'en existe-t-il pas d'autres? N'en avez-vous jamais connu qui se donnent? Vous avez commencé par vous présenter à nous avec une certaine complaisance, comme un homme encore jeune, bien bâti, solide, de figure agréable, bon cavalier, fort à l'escrime, capable de courage à l'occasion. Vous paraissez intelligent; vos raisonnements sont faux, mais présentés avec habileté. N'avez-vous jamais rencontré une femme qui vous ait aimé sérieusement ?

— J'en ai, madame, rencontré plusieurs qui ont prétendu m'aimer comme vous dites.

— Et vous avez cru en elles, j'imagine.

— Certes, jusqu'au jour où elles m'ont trompé.

— Vous l'avez été souvent ?

— Souvent ? Je n'en sais rien ; ce n'était pas moi qui comptais. Mais j'ai été trompé par chacune d'elles.

— Vous trompiez peut-être de votre côté ?

— Tout le temps.

— Alors de quoi vous plaignez-vous ?

— Je ne me plains pas. Seulement, après de nombreuses expériences, j'ai renoncé aux amours vraies et aux amantes sérieuses.

— Vous avez préféré les vestales du temple.

— Oui. Avec celles-là du moins, j'étais fixé : elles me trompaient avant, pendant et après. C'était leur droit, je dirai même leur devoir.

— Mais les autres, celles qui vous ont trompé par justes représailles, vous aimaient du moins, quelques instants, d'une façon désintéressée.

— Croyez-vous?

— Quoi ! Vous doutez d'elles, même sous ce rapport?

— Hélas ! J'ai rencontré des jeunes filles qui me plaisaient, à qui je croyais être sympathique. Bientôt, je me suis aperçu qu'on songeait seulement à ma fortune. J'ai eu des maîtresses qui me disaient: « Je t'aime pour toi-même, je ne veux rien de toi. » Je me suis cru, par délicatesse, obligé de leur donner tout ce qu'elles ne me demandaient pas et elles l'ont gardé. L'occa-

sion s'est présentée pour moi d'avoir des
relations charmantes avec quelques mondaines. Chacune d'elles à son tour s'est
trouvée gênée, tourmentée par des dettes
et m'a confié ses embarras entre deux baisers. Pauvre, j'aurais fait le sourd, et j'en
suis certain, je leur rends cette justice,
leurs baisers ne se seraient pas refroidis.
Mais j'étais riche : je me suis fait un plaisir d'offrir mes services. On a hésité, puis
finalement accepté. Alors, malgré moi, injustement peut-être, j'ai douté des amours
désintéressées. Maintenant, je ne doute
plus. Avec les vestales du temple, encore
sur ce point, on sait à quoi s'en tenir. Elles
n'entretiennent pas vos illusions et vous
n'avez pas la douleur de les perdre.

— Comme vous êtes heureux de pouvoir
justifier votre cynisme vis-à-vis de vous-
même !

— Est-ce qu'il n'est pas justifié à vos
yeux ?

— Non, certes. Toutes les raisons que
vous venez de me donner sont fausses. Vous
voulez, tout simplement, vous soustraire
aux liaisons qui pourraient vous créer
des obligations et des devoirs. Vous êtes un
égoïste.

— Je m'en doutais.

— Votre imagination, à laquelle vous
avez lâché bride, a fini par dominer votre
cœur qui ne bat plus. Vous n'aimez que les
amours faciles, toujours renaissantes, toujours renouvelées, les changements à vue.
Vous êtes un sensuel.

— C'est absolument ce que j'ai voulu
établir, avant de vous conter ma petite aventure. Vous ne l'auriez jamais comprise si je
ne m'étais pas entièrement dévoilé. J'avais
mes motifs pour vous parler de moi, comme

je le fais, depuis une heure. Je voulais me
bien faire connaître afin de vous moins
étonner. Si je vous ai fait aussi assister
à la création, à la formation de certains
asiles amoureux, c'était pour vous préparer
peu à peu, vous empêcher de jeter les hauts
cris quand je vous y conduirais.

— Vous prétendez donc m'y conduire ?

— Je prétends même que vous me suivrez.

— Ah ! par exemple !

— Parions... Vous hésitez ; vous avez
peur de perdre. Allons, venez.

VIII

J'avais bien diné le 26 janvier dernier.
Avais-je bien dîné? Non, j'avais dîné comme
d'habitude. Pourquoi cette excuse, men-
songère et trop banale, invoquée par tous
les hommes qui pèchent de huit. à onze
heures du soir? Voici la vraie vérité : le
cercle et le théâtre ne me disaient rien, et
ne sachant que faire, j'eus l'idée de tuer la
soirée tant bien que mal, plutôt mal que
bien. Dans le cas où ma conduite serait in-
criminée, je ne pourrais même pas prétendre que je fus entraîné où je ne voulais pas

aller par des amis trop persuasifs. J'étais
seul, absolument seul, à l'abri de toute influence pernicieuse et si, après deux ou trois
tours de boulevards, je me suis tout à coup
dirigé vers la demeure de Lareine, je l'ai
bien voulu, je suis coupable, sans la moindre circonstance atténuante.

C'est une curieuse physionomie que celle ,
de cette petite femme grasse, courte, active,
remuante, bavarde, connaissant son Paris à
fond, batailleuse, énergique, tenant tête à
l'autorité, forte de tous les secrets qu'on
vient lui livrer à domicile, protégée par de
hauts personnages, ses clients, dont elle
approvisionne les vices, riche de trois ou
quatre cent mille francs, acquis par le travail... des autres, corrompue jusqu'à la
moelle, mais naïvement corrompue. Oui,
naïvement, et pour être en droit de mainte-
nir cet adverbe, je cite quelques lignes qui

5.

m'ont frappé dans un feuilleton de Sarcey :

« Je ne puis savoir ce qui se passe dans
« l'âme d'une entremetteuse. Je suis con-
« vaincu qu'elles vivent paisiblement dans
« ce métier qu'elles ont choisi et qu'elles
« pratiquent de leur mieux ; qu'il ne leur
« inspire ni honte, ni répulsion, ni remords ;
« et qu'elles répètent en toute sincérité le
« vieil adage : il n'y a pas de sot métier ; il
« n'y a que de malhonnêtes gens. Et elles
« ne se considèrent pas comme malhon-
« nêtes ! Elles doivent être, en dehors de
« leur affreuse profession, capables de
« bonnes œuvres. Elles n'ont pas, dans la
« réalité, ces répulsions et ces pudeurs que
« nous sentons, nous, pour leur métier. Si
« elles les avaient, elles ne l'exerceraient
« pas. Elles ne sauraient se condamner à
« un supplice de tous les jours. Il ne m'é-
« tonnerait pas qu'elles eussent leur code,

« qu'elles se fussent, en un mot, taillé une
« morale particulière dans l'immoralité. »

A la suite d'un procès qui fit scandale,
sans que la justice pût sévir contre elle,
Lareine vient d'abdiquer entre les mains
d'une nommée Lepetit, qui lui succède ou
la représente seulement. Mais l'hiver dernier, elle régnait seule, dans son temple.

Ce lieu a toutes les apparences d'une
bonne maison meublée, bien tenue, respec-
table, d'un *family-hotel*, diraient les Anglais. Dans la journée, la porte est ouverte
franchement, honnêtement comme toutes
les portes voisines; on pénètre dans un ves-
tibule où personne ne vous arrête, on arrive
à l'entresol et alors seulement apparaît une
vieille femme, d'aspect vénérable, une
duègne à cheveux blancs, qui est le bras
droit de Lareine, son aide de camp, sa première dame d'honneur. Si elle ne vous con-

naît pas, et que vous ne vous recomman-
dez d'aucun familier de la maison, si vous
lui paraissez suspect d'une façon quelconque, elle s'étonne de votre visite, vous dé-
clare que vous vous méprenez, qu'elle tient
une maison meublée, semblable à toutes
les autres, et que ses chambres sont prises
pour le moment. Elle vous éconduit ainsi
sans bruit; tout se passe en silence dans
cette maison discrète.

Si, au contraire, vous êtes avantageuse-
ment connu, si vous vous présentez sous les
auspices d'un ami sérieux, si encore l'inspection que vous venez de passer vous a
été favorable, la duègne vous invite à monter au premier étage et vous introduit dans
une pièce destinée aux présentations.

C'est un petit salon bourgeois qui a des
prétentions artistiques : une tapisserie,
imitation de Beauvais avec personnages,

tombe le long des croisées, des portes, et recouvre de grands fauteuils dorés, forme Louis XV. La cheminée disparaît sous une pendule et des candélabres trop grands, sans style. Un meuble de Boule entre les croisées, un piano, une armoire vitrée en bois de rose, une grande glace au-dessus du canapé, en face de la cheminée, complètent l'ameublement. On voit répandues çà et là des statuettes fort, décentes et quelques bibelots, offerts sans doute à la souveraine par une sujette reconnaissante ou désireuse d'obtenir ses bonnes grâces. Sur la table du milieu, des vases de fleurs égaient le paysage et donnent à ce petit salon un air de fraîcheur et d'innocence.

Deux ou trois minutes s'écoulent, puis Lareine, que sa dame d'honneur est allée prévenir, apparaît souriante, aimable. Elle vous reconnaît ou fait connaissance, et la conversation s'engage.

— Eh bien? As-tu du nouveau, aujour-d'hui? lui demandai-je, ce fameux soir, où, dans mon désœuvrement et ma perversité, j'étais allé chez elle.

— Certainement, me fut-il répondu comme je m'y attendais du reste. Depuis une heure, je reçois une foule de visites. Ces dames ont déviné sans doute que vous alliez venir. Elles jouent au trente et un dans le salon du rez-de-chaussée; je vais les prier de monter pour vous tenir compagnie.

— Inutile, dis-je.

— Pourquoi?

— Parce que je suis sûr que je les connais. Ce sont tes habituées, ce que tu ap-

pelles le plat du jour. Je t'ai demandé du
nouveau.

— Alors je vais vous présenter une Italienne, débarquée hier de Florence.

— Débarquée en droite ligne chez toi?

— Non, elle est descendue au *Grand-
Hôtel.* Un garçon de confiance m'en a in-
formée. Je suis allée la voir dans la journée
et je l'ai décidée à me rendre, ce soir, ma
visite. Nous causions en face, dans la
chambre blanche, lorsqu'on m'a dit que
vous étiez ici. Voulez-vous que je l'appelle?

— Non; ton Italienne doit être brune
et les brunes ne me disent rien, aujour-
d'hui. Je suis d'humeur mélancolique, je
voudrais des yeux bleus et des cheveux
blonds. As-tu cela?

— Parfaitement : une Écossaise. Elle est
arrivée cette semaine de Glascow avec son
amant ou son mari.

— Mettons son amant; c'est plus croyable.

— Soit! Un amant qui l'a plantée là, sans argent, sans ressources.

— Oh! sans ressources, lorsqu'elle a le plaisir de te connaître, mon cher petit manteau bleu.

— Vous avez tort de plaisanter ; je rends bien des services.

— A cent pour cent! murmurai-je.

En effet, les gardiennes du temple prélèvent, pour les frais du culte, la moitié de toutes les offrandes que leur apportent les fidèles.

— Eh bien! Que dites-vous de mon Écossaise? Voulez-vous la voir? demanda Lareine qui, en femme pratique, revenait, le plus vite possible, à la question.

— Non. J'ai dans l'idée que je ne m'entendrai pas avec elle. Pourquoi me brouiller avec l'Écosse, un pays hospitalier?

— Alors que faire, reprit-elle avec découragement, si vous ne voulez même pas voir les personnes dont je vous parle?

— Je les verrais avec plaisir si tu paraissais convaincue qu'elles doivent me plaire; mais tu n'oses pas t'engager. Alors, tu n'as personne?

— Hélas! non, personne qui vous convienne. Vous êtes si difficile! Aussi, pourquoi ne pas me prévenir de votre visite? Je prendrais mes précautions dans la journée et, le soir, vous trouveriez une société choisie, des actrices, des...

— Arrête-toi. C'est inutile de continuer; je ne te préviendrai jamais. Il est impossible de savoir qu'on passera ici la soirée. Cela vous prend tout à coup comme une migraine.

Nous fûmes interrompus par la duègne. Elle venait annoncer à sa maîtresse qu'une dame demandait à lui parler.

— Vous permettez? dit Lareine en se tournant vers moi.

— Je permets d'autant plus facilement que je pars.

— Vous avez tort. Cette nouvelle arrivée vous plaira peut-être.

— J'en doute. Mais je puis attendre ton retour.

— Voulez-vous que je prie la dame italienne de vous tenir compagnie, en tout bien tout honneur?

— Oui, mais fais-lui connaître mes intentions vertueuses. Je ne voudrais pas la tromper dans ses espérances.

Un instant après, l'Italienne apparut tout de noir habillée, gantée, un chapeau mousquetaire sur la tête, une pelisse sur les épaules, hermétiquement couverte. Car il importe de ne pas oublier ce détail typique : chez Lareine et ses collègues, les

femmes qu'on y rencontre paraissent toujours faire une visite. Leur tenue est des
plus décentes et des plus complètes. Si
elles se mettent à l'aise, c'est seulement
après y avoir été invitées, dans l'appartement particulier qu'on leur réserve. Cette
toilette, ces allures, tous ces détails ont
été réglés afin de bien établir qu'il s'agit
de simples entrevues, où l'on met en présence deux personnes qui peuvent ne pas
se convenir. Les apparences sont ainsi
gardées et, avec un peu de complaisance, on
en arriverait à croire qu'on se trouve chez
M. de Foy, ou même chez une de ces
honnêtes personnes, bourgeoises ou femmes
du monde, possédées de la manie de faire
des mariages et de réunir dans leurs salons, par couples, des jeunes gens, des
hommes mûrs et des veuves. Il s'agit d'u-
nions sérieuses, j'en conviens, et non pas

de liaisons passagères. Mais, en certains
pays, en Perse, par exemple, ne contrac-
te-t-on pas des mariages à courte échéance,
pour un an, six mois, quinze jours, une
semaine ? Des gens de loi, des prêtres en-
couragent, facilitent et bénissent ces unions
éphémères qu'on appelle *Sighëh*, pour les
distinguer de l'union à durée indéfinie,
nommée *Agdé*. En fait de morale, rien n'est
absolu ; cette vérité est tellement vieille
que j'ai honte de la rééditer. Ce qu'on défend ici, se recommande là-bas ; ce qui nous
couvre de honte de ce côté de l'équateur,
nous couvre de gloire de cet autre côté.
Les bonnes ou les mauvaises mœurs dépen-
dent d'une question de latitude ou de lon-
gitude. Et, c'est ainsi que Lareine, en piètre
estime chez nous, serait honorée dans certaines contrées de l'Asie. On en ferait une
prêtresse persanne, chargée des mariages

à la petite semaine, à la demi-journée, et
à l'heure.

Je retourne à mon Italienne. C'était,
comme je l'avais prévu, une grande et
belle fille, aux traits énergiques, trop énergiques pour moi, ce soir-là. Elle ne savait
pas un mot de français, mais je parle
un italien de convention avec les femmes.
Nous parvînmes à nous entendre jusqu'au moment où Lareine accourut me dé-
livrer.

Ma compagne se retira, un peu dépitée
de n'avoir pas même été invitée à ôter son
chapeau. Heureusement certaines femmes
prennent vite leur parti de ces petits insuccès, assez fréquents dans leur existence
aventureuse. Si elles plaisaient à tout le
monde, elles auraient vraiment trop à
faire.

— Eh bien, me dit Lareine, dès que

nous fûmes seuls, vous pouvez vous vanter, mon cher, d'avoir une rude veine !

— Comment cela ?

— La dame, pour laquelle je vous ai quitté, est délicieuse.

— Vraiment ? Tu réponds de celle-là ?

— Si j'en réponds ! fit-elle d'un ton convaincu. C'est la plus jolie personne que j'aie vue, et j'en ai connu de fameuses.

— Prends garde, tu es imprudente. Je vais m'attendre à quelque merveille.

— Vous ne serez pas désillusionné.

— D'où sort-elle, ta merveille ?

— Je n'en sais rien. Il m'a été impossible de lui arracher quatre mots. Elle était fort troublée et répondait en balbutiant à mes questions.

— Quelle habileté !

— Dites plutôt : quelle timidité ! Elle n'a pas l'habitude de certaines démarches ;

c'est la première fois qu'elle vient dans une maison comme celle-ci.

— Ce n'est pas une dame de retour, alors.

— Oh! non certes. J'en mettrais ma main au feu. Je m'y connais.

— Est-ce une étrangère?

— Non, une Parisienne.

— Une Parisienne que tu n'as jamais vue, jamais rencontrée, toi?

— Il y en a beaucoup. Les femmes du monde sortent très peu à pied et ne me reçoivent pas dans leurs salons.

— Ah! c'est une femme du monde? fis-je en souriant d'un air de doute.

— Je le parierais; si c'était une actrice, une femme entretenue, je l'aurais aperçue au théâtre ou au bois.

— C'est peut-être une artiste, ou une petite dame de province.

— Elle! Allons donc! Je flaire la province d'une lieue. Il est possible qu'elle l'habite; mais elle est née chez nous et elle appartient à la bonne société.

— Tu y tiens! Soit! Je ne veux pas te contrarier. Cependant, il m'a toujours paru inadmissible qu'une femme du monde vînt ici.

— Vraiment! Avez-vous donc oublié toutes celles que vous avez connues chez moi?

— Je ne me rappelle pas. Qui?

— Par exemple, la femme du ministre.

— La femme du ministre? repétai-je en fouillant mes souvenirs. Je te serais obligé de préciser. Nous avons eu tant de ministres en France!

— Vous savez bien, le mois dernier, une grosse blonde.

— Ah! oui! J'y suis. La femme d'un ministre protestant, une Suissesse, chassée des Quatre Cantons pour inconduite. Si tu appelles cela une femme du monde!...

— Et la femme du capitaine, et la femme du docteur, et...

— Oh! je t'en prie, arrête-toi. Des malheureuses, compromises, déclassées depuis des siècles.

— Enfin, dit Lareine piquée, elles étaient mariées.

— Elles l'avaient été, ce qui n'est pas la même chose. Revenons à ton inconnue. A-t-elle fait avec toi ses petites conventions?

— Non. Quand j'ai voulu aborder la question d'intérêt, elle est devenue toute pâle, toute tremblante. Je me suis demandé si elle n'allait pas prendre la fuite.

— Diable! C'est cher, alors?

— Je ne crois pas. Elle vient chercher ici

6

autre chose que de l'argent. Quoi? Je l'i-
gnore. Vous découvrirez peut-être... Voyons,
ne perdons pas de temps. Elle doit s'impa-
tienter. Voulez-vous faire sa connaissance?

— Parbleu! Tu ne peux en douter. Tu
t'y es si bien pris pour exciter ma curiosité.

— Vous allez peut-être me donner des
remords.

— A toi! Pourquoi?

— Si votre curiosité n'était pas satisfaite?

— Comment l'entends-tu?

— Vous pouvez ne pas convenir à cette
dame.

— Que dis-tu là? Les rôles sont donc renversés! C'est moi maintenant que tu pré-
sentes et qu'on peut refuser?

— Sans doute. Lorsque je lui ai parlé
d'un homme riche, généreux, distingué,
jeune, à qui je pouvais la présenter, elle a
recouvré la parole pour me dire : « Je vou-

drais auparavant voir cette personne. » Elle craint sans doute que vous la connaissiez, que vous l'ayez rencontrée dans le monde, que vous sachiez son nom. De quoi vous étonnez-vous ? Ces précautions sont très naturelles et je suis la première à conseiller de les prendre, depuis le jour où, sans m'en douter, j'ai présenté une femme à son mari.

— Ah! très joli! Et qu'a dit le mari?

— Il a fait une tête! Mais la femme lui a fait une scène en prétendant qu'elle l'avait vu entrer dans la maison et qu'elle voulait acquérir la preuve de son infidélité.

— C'était vrai?

— Naïf! Elle venait ici depuis un an. Son mari, lui, s'y risquait pour la première fois et je ne le connaissais pas. D'où l'accident qui, sans la présence d'esprit de la femme, aurait pu entraîner un dénouement tragique... C'est entendu, n'est-ce pas ? Vous allez vous asseoir là, devant la table, près de la lampe et regarder au fond. Cette dame soulèvera un coin de la portière qui nous sépare de la chambre voisine, et elle vous verra sans que vous puissiez distinguer ses traits.

— Soit ! fis-je en allant prendre la place indiquée. L'aventure devient piquante. Je commence à m'amuser.

Forte de mon consentement, Lareine s'empressa de me quitter. Quelques minutes s'écoulèrent, puis la porte, située en face des deux croisées, s'ouvrit doucement, je vis la draperie s'agiter et un doigt ganté de noir apparaître. L'inspection commençait. Je la subis en silence, légèrement ému, comme un jeune soldat menacé d'être déclaré impropre au service.

Bientôt, la portière soulevée retomba

dans toute sa rigidité et des pas se firent entendre : j'allais connaître mon sort. Étais-je reçu ou blackboulé ?

— Elle ne vous connaît pas et vous lui plaisez, dit Lareine qui entra, le sourire sur les lèvres.

Ma victoire m'enivra et je me montrai aussitôt d'un mauvais goût extrême :

— Vraiment, fis-je en riant, je lui plais. Alors, puisque tout est changé, combien me donne-t-elle ?

Lareine crut devoir rire avec moi et répondit :

— Je lui demanderai le plus cher possible.

— Et tu garderas ?

— Évidemment, vous ne voudriez pas...

— Bah ! pour la rareté du fait. J'ai tant donné dans ma vie qu'une fois par hasard,.. Mais parlons sérieusement. Elle m'attend alors ?

6.

— Oui, là, au fond, vous n'avez qu'à ouvrir la porte.

— Tu ne me fais pas les honneurs de l'appartement du troisième étage ?

— Elle n'y serait jamais montée. J'ai eu assez de peine à la retenir dans cette chambre. Elle voulait partir. J'ai dû donner un tour de clé.

— Quelle mise en scène! fis-je. Si c'est une comédie, il faut avouer qu'elle est bien jouée. Allons! je vais savoir à quoi m'en tenir.

Et, tout en parlant, je me dirigeai vers le fond.

— Bonne chance! me cria Lareine.

Je me retournai pour lui dire:

— Tais-toi donc! Ces mots-là portent malheur au jeu, à la chasse et en amour.

Puis, je soulevai la portière, j'ouvris la porte et j'entrai.

IX

Elle se tenait immobile, debout devant la
cheminée, le bras droit allongé sur le marbre, la main gauche tombant le long du
corps, le buste, la tête un peu rejetés en
arrière. Sous les plis d'un grand manteau
de satin noir, qu'elle n'avait même pas
entr'ouvert, on pouvait seulement se rendre
compte de sa taille élevée, dépassant la
moyenne, de ses épaules fermes, bien tom-
bantes, arrondies, de sa poitrine développée,
saillante. Ses mains gantées étaient petites,
effilées, et de sa robe légèrement relevée

dans le bas, sortaient des pieds bien chaus-
sés, petits et fins. Un capuchon, en satin
noir comme la pelisse, lui recouvrait la tête
et cachait ses cheveux. Des dentelles cou-
sues dans le haut du capuchon retombaient
sur le front, les yeux et les joues. On ne
voyait que les ailes du nez, la bouche et le
menton.

C'était peu ; et cependant, j'étais déjà
pris par cette femme voilée, fermée, calfeu-
trée, que je ne pouvais voir et qu'il fallait
deviner.

Cet émoi instantané s'expliquera facilement, quand je me serai confessé : ce que
je préfère chez la femme, ce que j'admire
par-dessus tout, c'est la bouche.

*
* *

Le mot bouche signifie pour moi un tout,

un ensemble composé des lèvres, des dents, des gencives, de la langue et du palais. Pour qu'une bouche soit jolie, il faut que toutes les parties de cet ensemble ne laissent rien à désirer.

*
* *

Une femme qui a le nez trop fort, dont les traits sont manqués, qui passe pour laide, peut être charmante si la bouche est réussie.

Par contre, malgré la pureté des lignes du visage, sa réputation de beauté, une femme ne me dit rien si elle a une bouche mal venue.

*
* *

Mais je ne suis pas exclusif en fait de

bouches. Je ne demande pas des merveilles de dessin. Je n'exige pas qu'elles soient construites selon les règles de l'art : toutes petites, avec un joli petit sourire, de petites dents blanches, ce qu'on est convenu d'appeler des perles, et un tout petit bout de langue rose.

Il me faut moins de correction. Les lèvres peuvent être fortes, charnues, épaisses, les dents larges, parfois irrégulièrement plantées, pourvu qu'elles soient blanches et saines ; enfin la bouche proprement dite, la bouche extérieure qui part d'une joue pour aller à une autre peut être grande. Tant mieux, il y a plus de place pour le baiser.

*
* *

Le baiser ! c'est-à-dire la femme tout en-

tière, le premier mot de l'amour et le dernier.

*
* *

J'entends par le baiser, le baiser sur la
bouche; les autres ne comptent pas, ou
comptent trop.

*
* *

Le baiser provoque le désir, l'augmente,
l'entretient et quand il est satisfait, il le
provoque encore.

C'est un excitant et un épuisement. Il
irrite, calme et tue.

*
* *

Un simple baiser apprend à l'homme

d'expérience s'il est aimé et jusqu'à quel point on l'aime. Une femme par intérêt, par habitude, par dépravation, se donnera entièrement, et savamment, mais son baiser ne vaudra quelque chose que si elle aime.

Elle vend sa personne; elle donne son baiser.

*
* *

Pour certaines femmes, le baiser est le hors-d'œuvre du festin, l'aiguillon de l'appétit, le caviar qu'on mange entre les plats. Pour d'autres, c'est le plat de résistance, celui qu'elles préfèrent et qui parfois peut apaiser leur faim.

*
* *

Malgré ses raffinements et ses hardiesses,

le baiser de deux êtres qui s'aiment sincè-
rement est toujours pur.

*
* *

Il est inutile d'aller à l'école du baiser.
D'instinct, il peut être savant. En fait de
baisers, de très honnêtes gens ont la
science infuse.

Cependant beaucoup de femmes, très
éprises, n'ont jamais rien compris au baiser. Elles le reçoivent et ne savent pas le
rendre; elles tendent les lèvres, ferment la
bouche, serrent les dents, et croient que
c'est comme ça. On pourrait dire de celles-
là qu'elles ont l'ignorance infuse.

*
* *

D'un baiser parfois dépend une longue

7

liaison. S'il plaît, on va plus loin ; s'il déplaît, tout est fini.

*
* *

Il ne faut pas que trop de temps s'écoule
entre le baiser et ses conséquences. Si
vous le pouvez, ne laissez pas refroidir.
Une bouche refroidie s'interroge, raisonne,
et quelquefois sa propriétaire vous échappe.

*
* *

Mais il n'est question ici que des baisers
de demi-vertu. Un baiser consenti ou donné
par une honnête femme, l'engage pour l'avenir, ou du moins tourmente cruellement sa
conscience :

« — Puis-je en rester là ? se demande-

t-elle. Ne suis-je pas obligée de me donner
tout entière ? »

*
* *

Après s'être interrogées de la sorte, les
unes font le reste de la route ; les autres s'arrêtent brusquement et prennent la fuite.
Avant de condamner ces dernières, il faut
se rendre compte des circonstances. Si elles
ont obéi à un entraînement, à une ivresse
passagère, elles ont encore, suivant moi, le
droit de faire un retour sur elles-mêmes, de
se reprendre, d'en rester là. Si elles avaient
leur raison, si elles ont consenti, elles se
doivent à elles-mêmes, elles doivent à l'autre, l'intéressé, de se donner entièrement.
S'arrêter dans ce cas, est beaucoup plus
criminel que de continuer.

*
* *

Certaines coquettes actives poussent la
coquetterie jusqu'au baiser inclusivement,
le baiser avec récidive. Puis elles disent :
« Assez ! » Elles se feraient illusion, si elles
se croyaient seulement des coquettes ; elles
sont aussi des coquines.

*
* *

Si, pour rassurer une femme qui se défend et qui tremble à la pensée du dénouement fatal, quelqu'un lui dit : « Je ne veux
que votre baiser. Si vous le donnez, je
vous jure de ne vous demander rien de
plus ! », elle est tellement naïve de croire
à ces paroles qu'elle doit plus tard supporter toutes les conséquences de sa naïveté.

Si elle n'était pas naïve, elle était mal-
honnête ; on ne fait pas des transactions de
ce genre.

* *
*

A l'état d'exception, certains hommes
peuvent être de bonne foi, lorsqu'ils pro-
mettent de ne pas dépasser le baiser. Admi-
rateurs passionnés de jolies bouches, ils ont
remarqué qu'elles étaient variées à l'infini,
de forme, de couleur et de mérites, et veulent
posséder toutes les variétés de l'espèce.
Pour augmenter leur collection d'un in-
dividu rare et précieux, ils sont prêts à
tous les sacrifices, acceptent ce qu'on leur
donne et se contentent de regretter ce qu'on
leur refuse. Si les regrets sont trop vifs, en
quittant une jolie bouche, ils se rendent
chez une jolie femme et auprès d'elle ils

vivent doublement : dans la réalité et par le souvenir.

*
* *

Ces derniers paragraphes se rapportent seulement, bien entendu, à des baisers où l'imagination seule est en cause. Ceux que donne le cœur ne connaissent rien à toutes ces réticences; à ces accommodements, à ces compromis, à toutes ces corruptions. Le cœur ne calcule pas ; s'il calculait, ce ne serait plus le cœur.

*
* *

Lorsqu'une jeune fille se laisse prendre un premier baiser, elle croit à un commencement qui n'aura jamais de fin.

*
* *

Quand le cœur est épris, tous les baisers sont bons, même les plus inexpérimentés.

*
* *

Le baiser mystique, donné dans le vide, non pas avec les lèvres, mais avec l'âme tout enfiévrée de passion, est le plus sensuel des baisers. Inconsciemment, il est plein de désirs.

*
* *

Le baiser de la courtisane qui se donne est emporté, fougueux, âcre, il manque de délicatesse, d'onction et de saveur. Elle a oublié le bon baiser d'avant la chute, le baiser des neiges d'antan.

Le baiser de la courtisane qui se vend est le plus mauvais des baisers. Il ne faut en parler que pour mémoire. Elle est tout étonnée qu'on tienne à si peu de chose, n'y attache aucune importance et méprise même celui qui le lui demande.

Voilà, jetées au hasard, sans méthode et sans ordre, quelques-unes des réflexions que m'a suggérées le baiser. Voulez-vous sur le même sujet l'opinion de deux poètes. Alfred de Musset d'abord :

J'aime et je veux pâtir; j'aime et je veux souffrir,
J'aime et pour un baiser je donnerais ma vie.

Et Jean Second, un poète du seizième siècle qui, en dix-neuf strophes, traduites par Tissot, a décrit dix-neuf baisers :

Tu retires soudain ta lèvre fugitive,
Ce n'est pas là donner le baiser du plaisir.
C'est laisser un regret et donner un désir.

Et, à la huitième strophe :

> Malgré tes outrages nombreux,
> Quoique sanglante et déchirée,
> Ma langue, organe de mes feux,
> Se plaît à bégayer encore
> Le nom de celle que j'adore,
> L'azur humide de ses yeux,
> Les boucles d'or de ses cheveux,
> . Ses dents perfides et lascives,
> Flèches d'amour, de volupté.

Il termine ainsi son dix-neuvième et dernier baiser :

Unis étroitement ta bouche avec la mienne,
Que ton souffle amoureux tous les deux nous soutienne,
Jusqu'au moment suprême où lassés de plaisir
Et toujours dévorés des fureurs du désir,
Dans un dernier baiser, dans un baiser de flamme,
Nos deux cœurs réunis n'exhaleront qu'une âme.

Je pourrais multiplier les citations, laisser la parole au poète Dorat et à ses *Baisers*. Je préfère revenir à mon inconnue qui, blottie dans la soie, le velours et les dentelles, ne me laissait voir que sa bouche.

7.

X

Cette bouche, encadrée dans le haut par le voile noir, et dans le bas par des doigts gantés de chevreau, appuyés sur le menton, ressortait superbe, voluptueuse, lascive. Elle était grande, franchement dessinée, nettement arrêtée aux coins, où apparaissait un léger duvet, un duvet de blonde. Les lèvres épaisses, rouges, écartées l'une de l'autre, celle du haut relevée comme un bourrelet, s'ouvraient librement, largement sur des dents blanches, solides, bien rangées.

— Oui, c'était bien la bouche que j'avais toujours désirée. J'en avais beaucoup connu, beaucoup aimé, et je n'avais jamais pu trouver celle-là.

Elle se taisait, elle restait immobile, et cependant je l'entendais parler, je la comprenais, tant elle était expressive et vivante. Les dents, serrées par une contraction nerveuse, certains plis aux coins des lèvres, un demi-sourire à peine esquissé, indiquaient à la fois une tristesse, un étonnement, une hésitation et une résolution. On essaye de lire dans les yeux. C'est la bouche qu'il faut étudier. Une femme se méfie de son regard et se met en garde, elle oublie de dire à ses lèvres : « Restez impassibles, inertes. Ne rougissez pas, ne vous contractez pas et surtout conservez votre sécheresse, ne devenez pas humides. »

Je regardais l'inconnue, immobile comme

elle, en face d'elle, le coude sur la cheminée, toujours comme elle.

Je me taisais aussi, cherchant à deviner qui elle pouvait être et trouvant quelque charme dans mon hésitation et mon ignorance.

Lareine avait dit vrai : cette femme ne ressemblait en aucune façon à toutes celles avec qui je m'étais rencontré dans cette chambre. Il fallait bien qu'il y eût quelque chose d'inaccoutumé, d'étrange en elle, puisque moi, qui d'ordinaire ne perds pas mon temps et vais droit au but, je restais contemplatif, réservé.

J'aurais voulu lui dire : « Qui donc êtes-vous? Que venez-vous faire ici? Qui cherchez-vous? Il y a erreur, n'est-ce pas? Vous croyez être dans un tout autre lieu? » Et j'hésitais à lui adresser la parole; je me contentais de la regarder toujours.

J'aurais voulu me rapprocher d'elle doucement, lentement, et coller mes lèvres sur
ses lèvres superbes. Et je n'osais pas.
Cette bouche, engageante de forme et de
couleur, mais d'expression froide et dédai-
gneuse, m'intimidait, me fascinait en quelque sorte.

Cependant, bientôt, je me trouvai ridicule, stupide d'oublier ainsi le lieu où j'étais
et la situation de cette femme, venue là
pour se livrer certainement, se vendre sans
doute.

Tout à coup, d'un mouvement rapide, je
m'avançai pour la saisir, l'attirer à moi.

Je ne pus y parvenir : mon geste l'avait
effrayée et elle s'était reculée brusquement,
instinctivement.

Mais je m'étais trop avancé pour m'arrêter en chemin. Je la rejoignis. De mon
bras droit, je lui enveloppai la taille, tandis

que de la main gauche, j'essayai de relever son voile.

Elle se défendait et faisait de violents efforts pour se dégager, en murmurant oppressée, haletante, fiévreuse : « Non ! non ! Laissez-moi ! laissez-moi ! Je veux partir, laissez-moi ! »

Pendant cette lutte, les dentelles qui lui couvraient le visage, se dérangeaient par instant, et alors m'apparaissaient un front pur et jeune ; des cheveux d'un blond chaud, doré ; des yeux bleus, très allongés, profonds et cerclés de noir ; des sourcils arqués, fournis, plus foncés que les cheveux et qui se rejoignaient presque ; un nez régulier, droit, accentué sans être fort, avec des narines bien ouvertes, frémissantes. Mais je ne faisais qu'entrevoir tous ces détails l'un après l'autre ; l'ensemble m'échappait.

Ses bras robustes et nerveux, ses mains

agiles, ses mouvements brusques et rapides eurent, pendant quelques secondes, raison de moi. Elle parvint à se dégager, à ramener ses dentelles sur son visage, à s'envelopper de sa pelisse qui s'était entr'ouverte et m'avait permis d'entrevoir une taille souple et fine, sur des hanches développées.

Elle profita de sa liberté pour se diriger vers la porte, à reculons, me faisant face, prête à se défendre encore si j'attaquais de nouveau.

Je la laissai faire : je savais bien que je la ressaisirais quand je le voudrais; et du reste, la porte n'était-elle pas fermée extérieurement?

Elle s'en aperçut dès sa première tentative pour l'ouvrir et alors, d'une voix éplorée, suppliante, qu'elle essayait en vain d'affermir : « Monsieur! me disait-elle, je vous demande pardon d'être venue ici. Je

ne savais pas... Je me croyais plus forte...
Si vous êtes un galant homme, aidez-moi
à sortir. »

Je ne répondais pas. Je me pique d'être
un galant homme, mais cela dépend des
circonstances et des personnes qui font appel à ma courtoisie. Se conduire en galant
homme avec une femme galante, c'est quelquefois outrepasser ses devoirs. Puis, sous
l'influence de certaines excitations, la gen-
tilhommerie est difficile ; le renoncement,
le sacrifice atteindraient le sublime et je ne
me pique pas d'être sublime. Dans la situation où je me trouvais on a de si bonnes
raisons pour se dire : « Il existe tant de
femmes qui, bien résolues à succomber,
commencent toujours par se défendre, soit
qu'elles espèrent, en se laissant désirer se
faire mieux aimer, soit que la lutte s'impose à leur organisation, les prépare à

l'abandon et le rende plus voluptueux. »

Donc, au lieu d'obéir, je la rejoignis de nouveau. Adossée contre la porte, elle ne pouvait ni reculer, ni fuir. Je lui saisis les mains, pour l'empêcher aussi de me repousser et, la tenant pressée contre moi, mes genoux sur les siens, ma poitrine sur sa poitrine, mes lèvres près de sa bouche, je murmurais : « — Non ! non ! Je ne vous laisserai pas partir. Vous êtes trop belle. Qui que vous soyiez, je vous veux. »

Elle résista quelque temps encore, me supplia, cambra sa taille, recula ses genoux afin d'échapper à mon contact, fit des efforts désespérés pour me fuir. Puis, affaiblie, énervée par cette lutte, enfiévrée peut-être comme je l'étais moi-même, affolée, elle se redressa tout à coup et me dit d'une voix brève, résolue cette fois : « Eh bien ! soit ! finissons-en ! »

Et, joignant le geste à la parole, elle me repoussa, quitta la porte, gagna le milieu de la chambre, et vivement, fièvreusement, retira ses gants, laissa tomber son manteau et porta la main aux dentelles de son capuchon.

Enfin ! J'allais donc la voir d'ensemble, embrasser d'un seul regard tous ses traits, entrevus séparément, réunir tous les détails de son visage et composer un tout.

Je me trompais. Comme elle allait retirer son voile et que j'attendais curieux, tout frémissant, elle se pencha sur la cheminée, et avant que je l'eusse devinée, elle éteignit les deux bougies qui nous éclairaient.

Que faire ? Que dire ? Me récrier, protester, lutter de nouveau ? Retarder l'heure qui semblait enfin avoir sonné ? Je pensai qu'il était préférable de gagner, malgré l'obscu-

rité, l'autel dont je connaissais la place,
et d'attendre que la vestale voulût bien
s'y, diriger à son tour pour sacrifier aux
Dieux.

XI

Si quelque lectrice, assez spirituelle et assez curieuse pour m'avoir suivi jusqu'ici, mais devenue craintive, un peu timorée depuis un instant, s'arrêtait pour se deman-der : « Où va-t-il, mon Dieu! où va-t-il? Dois-je continuer? Ma conscience me le permet-elle? » Je lui répondrais : « Je crois, madame, que votre conscience peut vous le permettre. Ce que j'ai à vous dire, dans ce chapitre, n'est pas ce que vous pouvez craindre et ce que vous pouvez croire. C'est le contraire. Le côté matériel de mon récit

va s'effacer, l'image s'affaiblir. La situation qui était un peu trop tendue, je le re-
connais, est près de se détendre. Bientôt je
ne serai plus dans le mouvement, à la hauteur des événements.

Je reprends donc, madame, avec ou sans
vous, probablement avec vous, car vous
voilà rassurée.

Mon inconnue n'a pas tardé à me rejoindre là où je l'attendais, guidée dans
l'obscurité par ma voix qui l'appelait, par
mes mains cherchant les siennes. Elle
n'hésitait plus ; sa résolution prise, en
femme énergique, elle voulait brusquer le
dénouement : « Finissons-en! » avait-elle
dit, et elle voulait en finir.

Mais je n'étais pas aussi pressé qu'elle.
Garçon, je n'avais pas pour rentrer chez
moi les motifs, qu'en puissance de mari ou
d'amant sans doute, elle devait avoir. Dans

cette maison où les aventures et les surprises sont rares, où toutes les femmes se
ressemblent plus ou moins, sinon de visage,
du moins d'habitudes et d'allures, le hasard
me jetait dans les bras une créature nouvelle, toute jeune, admirablement jolie,
faite à souhait, mystérieuse, étrange; la
chambre était bien close; l'asile des plus
sûrs; personne ne menaçait ma tranquil-
lité; et, ma foi, en égoïste, je désirais profiter le plus longtemps possible de ma bonne
fortune, prolonger mon bonheur.

Moins délicat, je pourrais ajouter que
cette bonne fortune, je m'attendais à la
payer fort cher : Lareine, à défaut de l'inconnue, exploiterait la situation, et je voulais y trouver aussi mon compte. Mais je
manquerais de savoir-vivre, en disant cela,
et je ne le dis pas.

Enfin, j'avais peut-être encore un motif

pour ne rien brusquer : les résistances op-
posées, cette longue lutte avec ses espérances et ses déceptions, l'originalité de
l'aventure, m'avaient vivement impres-
sionné. Les nerveux sont d'une sensibilité
extrême en toutes choses : les variations
atmosphériques, une vive émotion, une
brusque surprise troublent, affaiblissent
pour un instant les plus forts, et je passe
pour un nerveux des plus réussis. Le docteur Charcot qui s'y connaît m'a dit un
jour : « Vous êtes un sujet remarquable. »

L'obscurité exerçait aussi sur moi une
fâcheuse influence. Au lieu de voir par les
yeux, ce qui est la façon naturelle de voir,
je voyais par l'imagination, par la mémoire,
ce qui est une fatigue. Il fallait même deviner, car je ne connaissais pas ma compagne
tout entière. Elle avait brusquement éteint
les bougies, au moment précis où je regar-

dais de tous mes yeux pour la mieux connaître.

Je sais bien que vous pourriez me répondre : Elle est maintenant dans vos bras;
ses vêtements, qui vous gênaient tout à
l'heure ne vous gênent plus; un dernier
voile, des plus légers, vous sépare; vous
n'avez pas besoin de faire tant d'efforts d'i-
magination pour savoir comment elle est
faite. L'aveugle apprécie les lignes d'un
beau corps. S'il n'y voit pas, il a un autre
sens à son service.

C'est vrai; mais peut-il toujours en user?
De même qu'une femme se dérobe à la curiosité du regard en s'enveloppant de voiles,
elle peut se soustraire à des curiosités plus
actives. Elle se défend, s'éloigne, vous prend
les mains, vous étreint les bras en vous disant d'une voix suppliante : « Non! non!
Je vous en conjure! » On se laisse émou-

voir, on est faible, on craint qu'une nouvelle lutte vous rende plus faible encore, et on se contente, ainsi que je le disais, de chercher, de deviner avec l'imagination; c'est ce que j'étais réduit à faire.

Je devinais, et pourquoi ne pas l'avouer, à la suite de quelques rapprochements fortuits, je sentais bien aussi une poitrine large, pleine, forte, mais droite et ferme, superbe dans sa dureté; des formes rondes, bien en chair, sans exagération, des rondeurs nerveuses, pour ainsi dire; un corps de femme. mais qui a conservé tous les contours, toutes les exquises finesses, toutes les rigidités d'un corps de jeune fille.

Oui, je devinais, je sentais tout cela et je ne possédais rien. Cette femme prête à se donner, ne se livrait pas. Elle admettait la fin, elle ne voulait pas les moyens. Ce qu'un poète appellerait les prémices de

8

l'amour semblait lui être odieux. Était-ce
de l'ignorance ou de l'honnêteté?

De l'honnêteté? Alors que faisait-elle
dans cette maison? De l'ignorance? Non.
Dans ma vie errante, accidentée, j'ai parfois rencontré des ignorantes. Elles s'éton-
nent et se récrient. Elle, elle ne s'étonnait
pas. Mais elle se refusait, de parti pris, à
paraître comprendre, à paraître savoir. Elle
se dérobait même au baiser. Oui, sa bouche
qui m'avait tant charmé, que je revoyais
malgré l'obscurité, rouge, ardente, avec ses
lèvres épaisses, relevées, ses dents blanches, humides, sa bouche restait inanimée,
inerte, fermée.

Ah! c'était bien la peine de faire des
théories sur le baiser, d'en décrire les voluptés, de les priser si fort, de les porter
aux nues, pour ne les pouvoir goûter.

Une bouche fermée, c'est une lettre close,

une bouteille cachetée, une fleur qu'on ne peut respirer, une fleur artificielle, ou une fleur fanée, morte, qui vous fait froid aux lèvres.

Je m'épuisais à l'animer, à la faire vivre. Efforts inutiles ! Nous sommes impuissants devant certaines résistances féminines. On peut, dit-on, par la force brutale, devenir maître d'une femme ; on ne pourra jamais la contraindre au baiser qui dépend d'elle, dont elle est l'arbitre. Elle le subira ; elle ne le donnera pas.

Alors, puisqu'elle me refusait ce qui chez la femme me paraît préférable à tout, puisqu'elle dédaignait les préliminaires, je résolus d'en arriver à la conclusion, comme elle le voulait.

Mais, est-il si facile de conclure lorsqu'on s'est longtemps mal expliqué, qu'on a perdu le fil de son discours ? Exigez

donc d'un orateur une belle péroraison,
quand l'exorde a manqué son effet et que
son auditoire ne le suit pas. Applaudirez-
vous, au dénouement, une pièce dont le
prologue, les premiers actes, vous ont laissé
froid, qui a manqué de situations fortes?
Non, la pièce tombe, c'est une chute; l'auteur est sifflé. Je méritai d'être sifflé comme
l'auteur.

Que celui à qui pareille mésaventure n'est
jamais arrivée, me jette la première pierre,
je la ramasserai pour la lui jeter à mon
tour en criant: « Tu n'as jamais désiré une
femme ardemment, tu n'as jamais lutté
contre ses résistances, tu n'as jamais aimé;
tu n'as pas de sang, tu n'as pas de nerfs, tu
n'as rien dans le cerveau. C'est aux brutes
seules que ces défaillances n'arrivent jamais; tous les intelligents, dans certaines circonstances exceptionnelles, bien entendu, y

sont exposés. Les femmes d'esprit et d'expérience, les comprennent, leur pardonnent
et attendent un lendemain meilleur. »

Mon inconnue manquait peut-être d'expérience et d'esprit, car tout à coup elle me
repoussa et, comme tout décontenancé je
n'osais la retenir, elle glissa de mes bras
et s'élança dans la chambre.

Je restais seul dans mon coin, silencieux,
immobile, furieux contre elle, furieux contre
moi, préparant de belles phrases pour lui
prouver que tous les torts étaient de son
côté, qu'elle me devait une revanche.

Mais je préparai sans doute trop longtemps : au moment où j'allais enfin parler,
la porte s'ouvrit.

Lareine appelée par un coup de sonnette
venait d'entrer. Son premier soin fut de
rallumer les bougies, et quel fut mon étonnement de voir mon inconnue toute prête à

8.

partir, couverte de sa pelisse, encapuchonnée comme à son arrivée ! Elle avait retrouvé ses vêtements malgré l'obscurité, et pendant que je gémissais, que je préparais mon discours, elle s'était habillée en toute hâte, désireuse sans doute de me fuir au plus vite. C'est ce qu'elle s'empressa de faire, dès que la porte fut ouverte.

Comment la suivre, la rejoindre? Loin de prévoir un départ aussi prompt, j'étais toujours étendu sur mon lit, dans un deshabillé galant.

XII

Quelques minutes après, je rejoignis Lareine sur le palier du premier étage.

— Elle est partie? demandai-je.

— Depuis longtemps. Elle paraissait furieuse. Que lui avez-vous donc fait?

— Moi, rien, répondis-je en baissant la tête.

Je voulus, sans plus tarder, régler nos comptes. Mais Lareine, d'ordinaire assez soucieuse de ce détail, se montra hésitante, un peu troublée. Elle flottait sans doute entre deux sentiments : d'un côté, le désir bien naturel de s'enrichir, et de l'autre, l'honnêteté professionnelle qui peut exister, on l'a reconnu, quelle que soit l'indignité du métier qu'on exerce. Le second sentiment triompha :

— Je suis fort embarrassée pour vous répondre, finit-elle par me déclarer. Cette dame qui, avant, s'était refusée à faire ses conditions, n'a rien voulu entendre après. J'ai essayé de la retenir, de la faire causer, pour savoir qui elle est, car ce serait une fameuse recrue ; au lieu de me répondre, elle m'a quittée brusquement et s'est élancée sur l'escalier. Je vous avais bien dit que ce n'était pas une femme ordinaire.

Parbleu ! Je le savais mieux qu'elle, mais il ne me plaisait pas de conter mes affaires à Lareine. Il m'aurait surtout déplu de rester le débiteur de cette inconnue. Elle avait

fait, il est vrai, sans enthousiasme, son
métier de courtisane, mais l'enthousiasme
n'est pas obligatoire, et si c'était par scrupule qu'elle refusait ses appointements,
par délicatesse, je devais les donner. Je ne
pouvais admettre qu'on changeât pour moi
les habitudes de la maison, parce que, acci-
dentellement, j'avais changé les miennes.
Mon amour-propre me disait aussi d'insis-
ter sur la question d'argent, de la main-
tenir. Elle diminuait mes torts : une femme
qui se donne mérite qu'on réponde à sa
confiance ; une femme qui s'est vendue ne
peut exiger les mêmes politesses. Invité à
dîner en ville, on doit faire honneur au
repas. Si l'on soupe au cabaret, pourvu que
l'addition soit réglée, rien ne vous oblige
à boire et à manger.

— Tenez, dis-je à Lareine, en lui remet-
tant cinquante louis, voici pour elle, si vous

la revoyez, ou pour vous, à votre choix. Cela ne me regarde pas.

Et je partis, sans vouloir rien entendre, comme l'autre avait fait.

Quelques instants après, je fus abordé, sur la place de l'Opéra, par un de mes amis qui descendait du Sporting. Je ne l'avais pas vu depuis longtemps.

— D'où venez-vous? lui demandai-je.

— De Monte-Carlo, me répondit-il, où j'ai passé quinze jours.

— Monte-Carlo? répétai-je. Et j'ajoutai les dents serrées : Ah! oui! La maison de passe et manque.

Mon ami ne comprit pas. Il crut que je faisais allusion aux chances de la roulette : rouge ou noir, pair et impair, passe et manque.

XIII

Le désir satisfait nous rend souvent ou-
blieux et ingrats. Longtemps nos pensées,
nos regards, se portent sur un même point ;
ils prennent une autre direction quand le
but est atteint. Mais, si le désir a été seulement aiguisé, si on est resté à la moitié
du chemin parcouru, l'esprit s'inquiète, s'irrite, et, au lieu d'oublier, on se souvient
trop. Ces souvenirs deviennent plus âpres,
quand la route était belle, n'offrait aucun
obstacle, et qu'au lieu de l'avoir suivie jusqu'au bout, on est tout à coup tombé. L'a-

mour-propre s'en mêle, on rougit de cette chute, surtout lorsqu'elle avait pour témoin une compagne qui s'est vue obligée de s'arrêter elle-même, sans avoir atteint le pays pour lequel elle était partie. On voudrait lui persuader de refaire le voyage, afin de prouver qu'on est tombé par simple accident, qu'une fois n'est pas coutume, et qu'on a le pied solide.

Avec une compagne peu attrayante, on s'en tire encore, on rejette la faute sur elle, en disant : « Que voulez-vous ! Pour ne pas la voir, je regardais au ciel, j'étais distrait, et tout naturellement mon pied a manqué. » Mais, lorsqu'on était le cavalier de quelque belle créature, les regrets, la honte redoublent, car on est seul coupable. Si elle n'a pas fait tout ce qu'elle pouvait pour éviter l'accident ; si elle ne nous a pas encouragé de ses regards et de sa voix, l'étape parcourue, arrivée avec nous dans le village ou l'oasis, elle se serait peut-être montrée reconnaissante et charmée. Certaines voyageuses muettes, somnolentes, maussades pendant la route, le but atteint, se réveillent de belle humeur, causent avec esprit, vous remercient chaudement de les avoir conduites au port, et vous font comprendre qu'elles sont prêtes à recommencer le voyage.

Le lendemain de ma mésaventure, ces rêveries, après avoir voltigé dans mon cerveau encore troublé, cédèrent la place à des pensées moins nuageuses.

A quelle classe de la société appartenait cette femme ? Était-elle simplement venue chez Lareine, comme les autres, pour essayer d'augmenter ses ressources, de combler une lacune de son budget ?

Ce n'était pas possible. Belle comme elle

était, jeune, admirable de formes, d'une distinction parfaite, aurait-elle eu besoin de se rendre en si mauvais lieu, de se donner à un inconnu, de descendre si bas ?

Là, je m'arrêtais. Un inconnu ! Justement ce n'est pas à dédaigner ; au contraire. On ne se compromet pas avec un inconnu. Il ne sait pas qui vous êtes, et ne vous reverra sans doute jamais. Si votre mauvaise étoile veut qu'il vous retrouve, avec quelque sang-froid, un peu d'audace, vous ne tarderez pas à jeter des doutes dans son esprit. Osera-t-il jurer, malgré ses soupçons, qu'une femme, à peine entrevue, est bien celle qu'il croit reconnaître ?

Grâce à ces calculs, elle s'était rendue chez Lareine, sans crainte pour sa réputation et avec un profit pour sa bourse.

Eh bien ! non, mille fois non, puisqu'elle n'avait rien demandé, rien accepté ! Je par-

lais tout à l'heure de ses scrupules à la suite
de ce qui s'était passé, ou pour être plus
vrai, de ce qui ne s'était pas passé entre
nous. Mais, j'en parlais sans conviction.
Il faut des circonstances particulières
pour que de tels scrupules se produisent :
le cas, par exemple, de la belle marquise de...

Elle tombe un jour chez Lareine et lui
dit, la tête haute, avec l'assurance d'une
femme décidée à tout, et le ton d'une grande
dame, d'autant plus arrogante qu'elle se
trouve dans une position fausse :

« Ma chère, j'ai besoin de dix mille francs.
Je ne veux les demander ni à mon mari,
ni à mes amis, encore moins à mon amant.
Connaissez-vous quelqu'un qui puisse me
les donner ? C'est cher, mais je vaux bien
cela. Regardez ! »

Elle relève son voile, et Lareine constate

que la marquise, malgré ses trente-cinq ans, est encore splendide.

— Je chercherai; revenez demain, répond-elle, car elle ne doute jamais de rien et elle a pour principe de ne décourager personne.

Elle cherche en effet, et pense bientôt à certain général mort depuis, d'une façon mystérieuse. Il est de bonne composition quand il s'agit d'une jolie femme. S'il recherche les primeurs, les aurores, les levers de soleil, il ne dédaigne pas un beau coucher, bien nuancé, bien ardent, tout empourpré. Il a surtout un faible pour les femmes du monde et ne recule devant aucune folie pour satisfaire ses caprices.

Rendez-vous est pris. Lareine met en présence le général et la marquise. Mais, à peine se sont-ils regardés, qu'ils se précipitent dans les bras l'un de l'autre. C'est

qu'ils viennent de se reconnaître. Ils se
sont aimés quand ils étaient, lui, un jeune
homme, elle, une toute jeune fille. Leurs
deux familles ne leur ont pas permis de
se marier, malgré leurs prières et leur dé-
sespoir. Depuis, le hasard les a empêchés
de se rencontrer. Et, voilà qu'ils se re-
trouvent dans le salon de Lareine !

Celle-ci leur a donné son plus bel appartement pour leur permettre de revivre
le passé. Ils l'ont vécu, oubliant la question
d'argent qui aurait flétri leurs chers souvenirs, souillé leurs premières amours.

Mais mon inconnue n'avait retrouvé en
moi ni un fiancé, ni un amoureux, et je
pouvais m'étonner de son désintéressement.

Du reste, plus j'y réfléchissais, plus j'en
étais certain : elle n'avait obéi à aucune pensée vénale. Tout me le disait : son attitude,
ses hésitations, sa résistance. Quand une

femme s'est senti assez de courage et d'audace, pour se rendre chez Lareine, lui parler, accepter d'être mise en rapport avec un inconnu, le plus grand pas est fait, elle n'a plus de timidités rétrospectives, elle va jusqu'au bout, avec le même cynisme.

Alors, quelle raison l'avait poussée à cette extrémité?

Était-elle victime d'une erreur, d'un accident, comme certaine baronne très myope, très étourdie, célèbre par ses distractions? Elle cherchait des appartements dans le quartier de la Chaussée-d'Antin. Elle croit voir un écriteau à la porte d'une maison d'assez bonne apparence, semblable aux maisons voisines. Elle entre, et en quête du concierge qu'elle ne trouve pas, elle monte jusqu'à l'entresol. Aussitôt plusieurs portes s'ouvrent : une dame, deux dames, trois dames se présentent. L'une est en

toilette de soirée, l'autre en peignoir rose,
la troisième n'a même pas de peignoir,
mais la baronne est si myope.

— Que voulez-vous? lui demande-t-on.

— Je désirerais voir l'appartement qui
est à louer.

La plus jeune, la plus dégourdie des
trois dames, flairant une aventure qui
pourra distraire, un instant, sa vie cloîtrée,
fait signe à ses compagnes de se taire,
étouffe leurs rires, et s'adressant à sa visi-
teuse :

—C'est justement, madame, notre appartement qui est à louer. Je vais avoir le plaisir
de vous le faire visiter. Veuillez me suivre.

Puis, ouvrant une porte à droite :

— Voici, dit-elle, le salon où madame se
tient d'ordinaire avec ses sous-maîtresses.
Elles sont sorties en ce moment.

— Comment, ses sous-maîtresses? fait

l'innocente baronne. Je suis donc ici dans un pensionnat ?

— Oui, madame, un pensionnat de demoiselles, mais de grandes demoiselles qui se préparent à passer leurs examens de licence.

— Ah ! vraiment. Alors l'appartement est grand ?

— Très grand ; vous pouvez vous en rendre compte. Voici un petit boudoir destiné aux examinateurs. C'est là qu'ils se consultent avec madame, sur les aptitudes des élèves. Puis, ils passent dans le grand salon d'étude. Si vous voulez bien entrer.

— Volontiers. Quel bel ameublement pour un salon d'étude ! Un piano, un divan, des glaces, et encore des glaces. Mais je ne vois ni table, ni livres.

— C'est que dans cette salle, madame, les élèves passent seulement leurs examens.

Elles s'asseyent le long du mur, à côté l'une de l'autre, sur le divan. L'examinateur entre, regarde, interroge, puis il se rend dans une autre pièce où il fait appeler, pour l'examiner plus complètement, l'élève qui lui a paru la plus instruite.

— Je comprends. Comme il fait obscur! Est-ce que vous tenez toujours vos persiennes fermées?

— Oui, madame, toujours. Ces demoiselles pourraient être tentées de se mettre à la croisée, et vous comprenez, la morale. On ne joue pas avec la morale, ici.

— Je vous en félicite. Pouvez-vous me faire voir les autres pièces?

— C'est difficile en ce moment; on passe justement des examens.

— Je ne veux déranger personne; je reviendrai.

Tout le pensionnat, réuni maintenant, les

9.

cheveux épars, de moins en moins vêtu, étouffant ses rires, l'accompagna jusqu'à la porte et se confondit en salutations, tandis qu'elle-même saluait et remerciait chaudement.

Le soir, en famille, elle parla des appartements visités dans la journée. Un, entre autres, lui avait paru très convenable et elle pria son gendre d'aller le voir pour lui dire son avis.

— Volontiers ; donnez-moi l'adresse.

— Rue... n°...

— Hein ! Vous dites ?

— Oui, je dis bien. J'ai inscrit l'adresse sur mon calepin.

— Vous avez visité un appartement rue... n°... ?

— Sans doute, qu'y a-t-il là d'étonnant ? Il sera libre pour le terme prochain. Il est occupé, en ce moment, par des jeunes filles qui se préparent à passer des examens.

— Et vous avez vu ces jeunes filles?

— Sans doute, elles m'ont fait les honneurs de leur demeure.

— Ah! belle-maman, il n'est pas permis d'être myope, distraite et honnête à ce point-là. Ne visitez plus d'appartements, je vous en supplie.

Telle est l'aventure. Mais, mon inconnue ne pouvait avoir commis une erreur de ce genre. On ne cherche pas des appartements à onze heures du soir et pour les mieux visiter, on n'éteint pas les bougies comme elle l'avait fait.

Il fallait trouver d'autres causes, d'autres raisons à sa conduite. Une curiosité malsaine peut-être de tout voir, de tout connaître?

Oh! la femme capable de telles aberra-

tions n'a pas de ces pudeurs, de ces rete-
nues, dont j'avais été la victime. Elles sont
trop expertes pour ne pas comprendre que
leur réserve peut les empêcher d'être entièrement renseignées et que, si elles veulent
satisfaire leur curiosité, au lieu de rester
silencieuses, d'avoir la bouche close, comme
mon inconnue, elles doivent questionner.
Avec un peu d'expérience, on les reconnaît
aussitôt, du reste, ces chercheuses, ces
affolées de mystère. Je ne me laisse plus
prendre à leurs airs d'innocence, à leurs
cils baissés. Je sais découvrir dans leurs
longs regards, certaines étincelles, certaines lueurs qui les trahissent et n'ont
aucun rapport avec les éclairs de la passion. Dans les grands yeux bleus de mon
inconnue, entrevus un instant, je n'avais
constaté que de l'hésitation et de l'effroi.

Était-elle, comme le disait Lareine, une

femme du monde ? Plusieurs détails, mille indices me l'affirmaient, et j'en arrivais même, par instant, à me dire tout bas, tout bas, dans la crainte de m'entendre : « C'est une femme honnête ! » Cependant, j'avais beau parler bas, je m'entendais, et ma raison se révoltait. Honnête ! Allons donc ! A quel sentiment, à quelle passion aurait-elle obéi ? Qu'est-ce qui pouvait l'excuser ?

Le désir de se venger sur l'heure d'une infidélité, d'une trahison ?

Non ! non ! Ce n'était pas cela. Elle se fût montrée plus résolue, sa colère lui aurait prêté une ardeur qu'elle n'avait pas. Puis, une femme qui se venge se livre sans réserve, pour que la vengeance soit plus complète, plus raffinée.

De ce fouillis d'idées que toutes je repoussais, tout à coup, il en jaillit une plus acceptable, plus probante.

Dans un intérêt quelconque, pour retenir auprès d'elle une personne qui lui était chère, se l'attacher, ou peut-être pour capter une fortune, spolier des héritiers, cette femme voulait un enfant, que ni son mari, ni son amant n'avait pu lui donner, et elle était venue le chercher en secret, dans cette maison. Elle ne mettait ainsi personne dans sa confidence; elle n'avait pas de complice et, si elle devenait mère, l'enfant ne pouvait être désavoué.

Cela s'est fait, cela s'est vu et je me disais : « J'ai trouvé ! » pour me dire quelques instants après, lorsque certains souvenirs me frappaient : « Non, je n'ai pas encore trouvé, je brûle seulement. »

Il ressortait, par exemple, de tout cela, une vérité absolue : mon inconnue m'occupait étrangement l'esprit.

XIV

Bientôt, je n'eus d'autre soin que de la chercher, c'est-à-dire de chercher sa bouche, car il m'eût été vraiment difficile de reconnaître son visage.

Je cherchais, de tous côtés, cette bouche fugitive. Je la demandais à tous les échos ; un peu plus, je l'aurais fait afficher, tambouriner.

Je la cherchais dans le monde, le demi-monde, tous les mondes, dans la rue, les magasins, au théâtre, en soirée, au bois.

Et, non content de chercher moi-même,

je confiais à plusieurs de mes amis le soin de retrouver l'objet perdu :

— Lorsque vous apercevrez, leur disais-je, dans un visage de blonde, une bouche un peu grande, aux lèvres rouges, saillantes, épaisses dans le bas, retroussées dans le haut, avec un léger duvet dans les coins, enfin une bouche des plus appétissantes, voluptueuse au possible , rendez-moi le service d'entrer en relations avec sa propriétaire, de prendre son nom et son adresse et de venir me les apporter. Il y aura pour vous une récompense honnête : un superbe dîner de femmes, chez Verdier.

Séduits par l'honnêteté de la récompense, et peut-être par mes descriptions enthousiastes, mes amis se mirent en campagne, après m'avoir fait toutefois quelques observations.

— Nous trouverions avec plus de facilité, m'avouaient-ils, si vous nous donniez des renseignements sur l'entourage, les voisins, comme on dit à la roulette, de cette bouche merveilleuse. Le nez, comment est-il fait ?

— Bien fait, c'est tout ce que je puis vous dire. Impossible de me rappeler sa forme. Je sais seulement qu'il est terminé par des narines très ouvertes, très dilatées, palpitantes. Mais la bouche....

— Laissons la bouche. Passons aux yeux.

— Ils sont bleus, très grands.

— Tendres, sans doute ?

— Peut-être. Je n'en sais rien. Quant à la bouche...

— Et les cheveux ?

— Blonds, à moins que...

— Ils ne soient bruns ?

— Non! non! Seulement vous concevez...

— Oui, la bouche, nous savons... Ces renseignements sont bien imparfaits ; cependant on essaiera. Si nous réussissons, combien de femmes au dîner ?

— Autant que vous voudrez ; vous les amènerez.

— Très bien. Nous allons battre la campagne.

Ils la battirent si bien qu'au bout d'une semaine, ils me donnaient l'adresse d'une dizaine de bouches répondant au signalement.

J'allai les voir, en public et à domicile.

Ce n'était pas cela. Les unes étaient beaucoup plus petites, les autres beaucoup plus grandes. Je ne retrouvais pas la mesure exacte, si bien prise par mes regards d'abord, mes lèvres ensuite. Celle-ci était rouge, mais d'un rouge de parfumeur. Celle-là s'ouvrait sur des dents trop bien rangées, trop polies, trop nacrées, des dents insignifiantes qui ne disaient rien. Cette dernière, une bouche autrichienne, à la Marie-Antoinette, ne ressemblait à l'autre que dans le bas ; la lèvre supérieure n'avait pas ce demi-bourrelet que j'avais admiré.

Toutes, je dois leur rendre cette justice, étaient jolies sans doute, mais sans animation, sans originalité, sans physionomie. Elles ne promettaient rien de ce que l'autre promettait, sans tenir.

Bref, ce n'était pas ma bouche, ou plutôt la sienne, ne confondons pas. Il n'y a pas lieu de les confondre, puisque, hélas ! elles vivent séparées.

Mes amis se récrièrent, protestèrent contre mon mauvais vouloir, ma mauvaise foi. Chacun d'eux prétendit avoir mérité la récompense honnête. Il fallut m'exécuter

et offrir le dîner. Ils y amenèrent toutes
les bouches qu'ils avaient trouvées. Elles
mangèrent avec un appétit féroce pour
se venger de mes dédains. C'était bien
fait.

Malgré certaine répugnance à revoir les
lieux témoins de mon échec, je m'étais cru
obligé, dans l'intérêt de mes recherches, de
retourner chez Lareine. Tout me disait
que mon inconnue n'y avait plus reparu ;
mais, par acquit de conscience, je voulais
en être certain.

J'obtins cette certitude : Lareine me la
donna et elle n'avait aucun intérêt à me
tromper ; au contraire. Elle ne put même
me cacher ses sincères regrets, car elle
s'était un instant bercée de l'idée que sa
belle pensionnaire d'une heure, plus maîtresse de ses émotions après un premier
début, remonterait sur la scène, afin d'y

donner une série de représentations fruc-
tueuses.

Pour se consoler et me consoler en même
temps, elle me présenta un stock d'étrangères, nouvellement débarquées et de Parisiennes à peu près neuves. Mais elles
ressemblaient si peu à celle que je cherchais, elles lui étaient tellement inférieures,
que je pris la fuite pour ne jamais revenir.
Cela devait arriver : Un jour, la gardienne
du temple avait commis l'imprudence de
me montrer sa plus belle idole. Ébloui, je
l'adorai. Mais la déesse, insensible à mon
culte, trouvant mes offrandes insuffisantes,
refusait d'apparaître de nouveau. Je n'a-
vais plus qu'à déserter le temple, où je dé-
daignais de sacrifier maintenant aux petites
idoles d'autrefois.

XV

Toutes ces vaines recherches avaient pris mon hiver.

Au printemps, je ne cherchais plus; j'y avais renoncé. Pouvais-je passer ma vie à la poursuite d'une bouche si habile, quand il s'agissait de se dérober? Je comptais maintenant, pour la retrouver, sur le hasard qui souvent m'a bien servi.

Il trompa, cette fois, ma confiance; et, l'été venu, je n'eus plus d'espoir.

Cependant, je dois constater que, malgré mon insuccès, je n'étais pas en trop mau-

vaise disposition d'esprit, le jour où je me
décidai à quitter Paris, après avoir reconnu
qu'on ne pouvait plus y vivre et que tous
mes amis avaient émigré.

De quel côté me diriger à mon tour ? Où
aller ? Aux bains de mer ? De Trouville et
de Dieppe me revenait le refrain si connu :
« Il n'y a plus de place, les hôtels sont
pleins à déborder. » En Suisse ? C'est loin,
froid, pluvieux ; les lits sont trop petits ; les
Anglais trop nombreux, les Suissesses trop
rouges. J'hésitais, je flottais, lorsque de
grandes affiches, annonçant l'ouverture du
Casino de Luchon, frappèrent ma vue.

Je connais, pour y être allé plusieurs fois,
cette jolie ville d'eaux, couchée dans une
vallée charmante, entourée de verdure,
baignée par ses torrents, ses lacs et ses
sources bienfaisantes, dominée par ses hautes montagnes aux sommets neigeux, perdus

dans les vapeurs bleuâtres. Je me rappelais
mes promenades à pied dans le vallon, à
cheval dans la montagne, en voiture sur la
route du Portillon et de Pont-du-Roy, ces
deux Monte-Carlo en miniature. Je voyais
encore les allées d'Étigny plus animées, à
certaines heures, que nos boulevards, avec
ses cavalcades, ses amazones, ses guides
au costume pittoresque, ses restaurants, ses
cafés en plein vent, sa vie en plein air. C'est
un délicieux séjour, un merveilleux pays,
le seul après Paris où les journées me
semblaient trop courtes.

Oui, mais en retour les soirées y étaient
bien longues. Luchon manquait de lieux de
réunion. Après le concert public, vers huit
heures et demie du soir, on ne savait plus
que devenir. Il fallait rentrer à l'hôtel et se
coucher. Il existait bien, là-bas, dans un
recoin de l'allée d'Étigny, certain établisse-

ment appelé le Grand-Cercle, très fréquenté par les baigneurs et les petites baigneuses, un cercle pour hommes et pour femmes, un pigeonnier, comme nous l'appelions. Mais si je ne dédaigne pas de faire, par accident, une partie à mon club en compagnie de collègues ou d'amis, j'ai horreur de jouer avec des étrangers et surtout des étrangères. Donc, le grand cercle n'existant pas pour moi, j'étais obligé d'aller me mettre au lit, et ce souvenir navrant me rendait réservé au sujet de Luchon, malgré ses très réels mérites.

L'affiche que je venais de lire, et des renseignements recueillis aussitôt, m'ouvraient d'autres horizons. De tous côtés on disait merveille du nouveau casino : un véritable palais, avec ses grandes salles de lecture, de conversation, de spectacle, de bal et de concert, son parc, son restaurant de

10

premier ordre, ses fêtes de jour et de nuit.
La plupart de mes amis qui avaient déserté
le pays pour les mêmes raisons que moi,
venaient d'y élire domicile. On me parlait
aussi de plusieurs mondaines, des plus
aristocratiques et des plus charmantes, qui
daignaient mettre le casino à la mode et
faisaient de Luchon un véritable petit paradis de Mahomet.

Ces derniers renseignements me devaient
décider, et le 20 juillet, je quittai l'enfer
parisien pour monter au paradis.

XVI

Me voici arrivé. Ce n'est pas plus difficile que cela. Si le voyage ne vous a pas
fatigué, de mon côté, je suis parfaitement
dispos, grâce à mon habitude de couper la
route en deux : parti de Paris à huit heures
quarante-cinq du matin, je dînais à Bordeaux et j'y couchais, pour repartir le lendemain et débarquer à Luchon vers trois
heures.

J'ai le plaisir de constater immédiatement que les édits de M. Tron, l'ancien
maire, ont été respectés par son succes-

seur, le docteur Azemar. Grâce à un spiri-
tuel règlement qui n'existe, je le crois du
moins, dans aucun autre pays, le voyageur,
au lieu d'être abasourdi, dès son entrée
dans la gare, par les cris des cochers, des
commissionnaires, des garçons d'hôtel,
assailli par tous les fournisseurs de la localité, transporté, jeté quelquefois de force
comme un colis dans un omnibus, n'entend
aucun bruit, ne devient la victime d'aucun
importun, échappe à la nuée de corbeaux
qui partout ailleurs fond sur lui.

Un grand silence règne de toutes parts.
Personne ne bouge. On dirait que les Lu-
chonais sont en cire ou en bois. Rangés
sur une seule ligne, comme des soldats à
la parade, le long du trottoir, surveillés
par deux gendarmes qui ne plaisantent
pas, ils tiennent à la main en guise de
fusil, de grandes perches surmontées d'é-

criteaux sur lesquels on lit : « Hôtel d'An-
gleterre, des Bains, des Princes, d'Espagne, du Parc, du Casino, hôtel Richelieu,
hôtel Sacaron ; chalets et appartements à
louer; paniers, landaux, chevaux et ânes à
des prix modérés ; cure de petit-lait, etc. »

Le nouveau débarqué, sans être l'objet
d'aucune pression ou d'aucune violence,
peut regarder, lorgner, choisir à son aise.
Il se sent, dès ses premiers pas, bien dis-
posé en faveur d'une ville qui le reçoit
d'une façon si discrète.

Une voiture m'attendait pour me trans-
porter avec mes bagages à l'hôtel Sacaron.
Elle m'était envoyée par le directeur général de la compagnie fermière des Eaux de
Luchon, S... de B..., que j'avais prévenu de
mon arrivée par dépêche. C'est un curieux
type que celui de ce Parisien du Midi, ou de
ce méridional de Paris, si connu de tous les

10.

club-men et, principalement des joueurs ; de
ce grand brasseur d'idées, de ce décavé qui
se recave sans cesse pour se redécaver ; de
cet homme divers : violent et doux, naïf et
fin, tantôt généreux jusqu'à l'excès, tantôt
économe plus que de raison, mais toujours
bon et serviable ; de ce grand tailleur de
banque, dont la manie consiste à jouer chez
lui, dans le cercle qu'il a créé, le casino
qu'il a fondé. Il perd le plus souvent, mange
d'un côté l'argent gagné de l'autre, et fonde
aussitôt une autre maison avec l'espoir que
la veine lui sera plus propice dans ce nouvel immeuble. C'est à cette douce folie,
douce aux autres, dure pour lui, que nous
devons les casinos de Luchon, de Biarritz,
de Nice et un des cercles les plus amu-
sants de Paris.

Le petit appartement qui m'avait été
réservé au premier étage sur les allées

d'Étigny, me parut des plus convenables. Quelques minutes suffirent à mon valet de chambre pour ouvrir mes malles, ranger mes habits et préparer mes objets de toilette.

A cinq heures, tout de frais habillé, je traversais l'allée d'Étigny et j'allais m'asseoir devant une des tables d'Arnative pour prendre langue.

Lorsque, comme moi, on est membre de tant de cercles parisiens, on peut être certain, à Luchon, vers la fin de juillet, d'être immédiatement rejoint par un collègue ou un ami. C'est ce qui m'arriva : Bientôt autour de ma table, nous étions quatre, fumant, riant, médisant déjà du prochain et des prochaines. Après le premier cigare, je savais les noms des principaux baigneurs, des plus belles baigneuses, et pendant que j'allumais le second, on me contait déjà l'anecdote de la veille, celle du jour et les aventures probables du lendemain.

Du reste, de chez Arnative, vers cinq et six heures, on voit peu à peu défiler à pied, à cheval ou en voiture, tous les habitants de Luchon qui reviennent des promenades voisines ou descendent de la montagne. C'est ainsi que je vis apparaître tour à tour, côté des femmes du monde :

En panier, la brune Mme C..., qui se fait remarquer, l'hiver, à l'Opéra, par sa façon exagérée de se décolleter. Mais, elle est tellement maigre que sa plus intime amie disait dernièrement : « Elle montre tout, mais elle ne fait rien voir. »

A cheval, revenant de la vallée du Lis, une baronne célèbre entre toutes les baronnes, la première de la tribu d'Israël, par sa fortune, son esprit, son charme et

sés goûts d'artiste. Elle a une taille adorable, les yeux les plus entraînants du
monde : tendres, résolus, chastes, naïfs et
coquets ; le teint d'une blonde avec de superbes cheveux noirs. Pour les gens qui
savent compter, elle doit côtoyer la quaran-
taine, du bon côté, mais personne ne compte
avec elle ; on lui donne toujours vingt ans,
et elle les paraît, elle les a, elle les aura
longtemps.

A cheval aussi, Mme C..., de Namur,
blonde, toute petite, toute mince, toute
faible, toute fraîche, toute rêveuse. A quoi
rêve-t-elle ? Sans doute au prince charmant
des contes de fées.

Dans un panier, la comtesse de B... un
grand nom, une grande notoriété, une
grande influence au service de ses amis,
un grand talent de sculpteur, une grande
musicienne, une grande taille et surtout

une jolie femme, sympathique et très aimée.

En landau, Mme Z..., une comparse plutôt qu'un premier sujet du monde élégant, où elle s'est introduite peu à peu, à force d'esprit et sur la recommandation d'un homme bien posé, qui lui voulait du bien, à charge de revanche. Sa physionomie ne manque pas d'originalité, grâce à un nez tellement retroussé qu'il semble regarder le ciel et vouloir s'envoler. Une mauvaise langue disait d'elle : « — Quand il fait mauvais temps, cette pauvre Mme Z... doit s'enrhumer du cerveau. La pluie tombe directement dans ses narines : ce sont des gouttières. » Soit ! mais les connaisseurs apprécient fort les jolies gouttières de ce petit nez au vent.

Côté des artistes dramatiques, des grandes : à pied, tenant d'une main son joli petit garçon, portant un Molière de l'autre, Mlle B... sociétaire de la Comédie-Française. Au physique, elle n'a que du charme, mais elle en a tant qu'elle passe pour très jolie et qu'elle l'est. Au moral, une tenue parfaite, une grande simplicité, une vraie modestie. Intellectuellement, une artiste remarquable; en résumé : la séduction.

— Voici Doménil ! dit tout à coup un de ces messieurs, en désignant une amazone qui galopait dans l'allée.

— Doménil ! répétai-je. Vous vous trompez, mon cher ; cette amazone est fort jolie, mais ne ressemble nullement à Doménil que je connais beaucoup.

— Vous connaissez, me fut-il répondu, la vraie Doménil. Celle-ci est la fausse.

— Elle a le même nom que l'autre ?

— Elle a pris le même nom pour se mettre

en lumière. Ce n'est déjà pas si bête : vous
la regardez et vous nous interrogez sur
son compte, ce que vous n'auriez certainement pas fait si le nom ne vous avait
pas frappé.

Un landau armorié, conduit à la Dau-
mont, attelé de quatre chevaux parfaitement
appareillés , venait de s'arrêter devant
Arnative, à quelques pas de nous. Deux
personnes étaient assises sur les coussins
du fond : un homme d'une trentaine d'années, de taille moyenne, mais d'apparence
robuste, bien musclé, bien jambé, beau
garçon, très brun de peau avec des traits
réguliers, des yeux brûlants, des sourcils
épais, drus, des cheveux abondants, une
barbe aussi noire que les cheveux, très
soignée, très peignée, qu'il portait tout
entière et caressait avec amour. Sa mise
était élégante, d'une élégance de province

cependant, trop apprêtée, trop empesée. A ses côtés : une femme qui paraissait jeune, mais dont le voile abaissé ne permettait pas de distinguer les traits.

— Tiens ! Le comte et la comtesse de X..., dit un de ces messieurs.

Le nom méridional prononcé devant moi ne m'apprenait rien. Je l'avais peut-être entendu ; je ne me le rappelais pas.

— Ils reviennent de Saint-Mamet où ils sont allés déjeuner ce matin, fit Gaston de B..., un Toulousain qui passe sa vie à Paris, et que je connais assez intimement, puis il ajouta : Je vous quitte un instant, messieurs, pour leur serrer la main.

Il se leva et s'approcha de la voiture.

Moi, qui ne connaissais ni le comte ni la comtesse, je restais à ma place, leur tournant le dos et continuant à causer.

Quelques minutes] s'écoulèrent , puis

11

Gaston revint vers notre table et me prenant à part :

— Mon cher, me dit-il, j'ai parlé de votre arrivée à mes amis. Le comte de X... vous connaît de nom et désirerait vous connaître davantage. Voulez-vous que je vous le présente ? Il vous présentera ensuite à sa femme qui est adorable, je vous en préviens.

— Volontiers, répondis-je en me levant, et je me dirigeai vers la voiture avec Gaston de B...

Tout à coup, un frisson me parcourut le corps.

La comtesse ayant relevé son voile à moitié, j'apercevais, au point où il finissait, des lèvres épaisses, rouges, écartées l'une de l'autre, qui s'ouvraient sur des dents éclatantes de blancheur... et je croyais reconnaître la bouche que je cherchais depuis si longtemps.

Je me trompais évidemment. Cette dia-
blesse de bouche m'avait autrefois tant occupé l'esprit que je la voyais partout.

Cependant, plus je m'avançais, plus je
me disais : « C'est elle! C'est elle ! Dans le
monde entier, il n'y en a pas deux comme
celle-là ! »

En même temps, il me semblait que la
comtesse avait fait un mouvement lorsque
tout à coup je lui étais apparu. Elle avait
porté la main à son voile, comme si elle
voulait l'abaisser davantage, se protéger, se
soustraire à mes regards.

Je me trompais encore, ou plutôt, au premier mouvement tout instinctif, en avait
sans doute succédé un autre raisonné, réfléchi : après avoir tiré le voile pour l'a-
baisser, la même main venait de le relever
brusquement, d'un seul coup.

Et, maintenant, toute la tête m'apparaissait, une délicieuse tête, correcte de lignes, pure de profil, parfaite de détails.

Mais, ces détails, je croyais encore les reconnaître, les revoir : les mêmes cheveux, d'un blond chaud, dont les longues tresses étaient relevées sur la nuque; les mêmes yeux allongés, profonds, cerclés de noir; les sourcils arqués qui se rejoignaient presque ; le nez droit, accentué ; les mêmes narines ouvertes , frémissantes . J'avais entrevu chacune de ces perfections, l'une après l'autre, séparément, et je les revoyais, distinctement, cette fois, réunies, d'ensemble.

Ah ! j'étais, sans aucun doute, le jouet d'une hallucination. Je rêvais tout éveillé ; je poursuivais ma chimère : m'imaginant avoir retrouvé ma bouche, je croyais reconnaître aussi le nez, les yeux et les cheveux qui lui faisaient cortège.

XVII

Le comte de X..., qui s'était fait arrêter devant Arnative pour demander quelques renseignements à ce maître d'hôtel, une des curiosités de Luchon, descendit de voiture, dès qu'il nous aperçut, Gaston de B... et moi, et vint à notre rencontre.

Les présentations faites, il ne m'épargna aucune amabilité. Il avait le verbe haut, la faconde, la chaleur des gens du Midi, mais aussi la grâce, certain charme, certaine affectuosité dans le geste et le langage qui n'appartiennent qu'à ces demi-créoles. Avec mes habitudes de Parisien, réservé par éducation, par genre, plutôt que par tempérament, je n'aurais pas répondu très chaudement à ces avances, si derrière le mari, je n'avais pas vu la femme. Mais il s'agissait d'arriver à celle-ci le plus vite possible et, par politique, je fis violence à mes habitudes, je devins expansif, méridional en diable.

J'en fus récompensé, car bientôt j'entendis ces paroles désirées :

— Permettez-moi de vous présenter à la comtesse.

— Comment donc! m'empressai-je de répondre, j'allais vous en prier.

Accompagné de mon introducteur, je m'avançais vers Mme de X... dont le visage était toujours découvert et qui me regardait franchement, ses grands yeux bleus bien ouverts, le sourire aux lèvres.

J'avais eu le temps de me remettre. Je
saluai profondément et je prononçai quelque phrase banale sans que ma voix, je le
pense du moins, trahît aucune émotion. La
sienne me parut calme aussi; elle n'essayait pas de la déguiser. Mais l'imagination surexcitée, obsédée par mon rêve, il
me semblait que j'avais entendu déjà cette
voix un peu traînante, musicale. Oui, c'é-
tait bien avec le même accent qu'elle mur-
murait autrefois ces mots qui me revenaient
maintenant à l'esprit : « Laissez-moi,
monsieur! Laissez-moi! Je me suis trompée... Je me croyais plus forte... Si vous
êtes un galant homme, aidez-moi à sortir! »

Quelle folie !

La conversation était devenue générale.
Le comte, Gaston et moi, debout, appuyés
contre les portières, nous causions avec

Mme de X..., toujours étendue dans son landau.

On parla d'abord de Luchon, de ses promenades, de ses plaisirs, d'un bal qui avait lieu le soir même au nouveau Casino, d'ascensions projetées et déjà faites. La comtesse était, disait-on, une ascensionniste remarquable : elle montait à la Maladetta plus facilement que nous n'aurions gravi les buttes Montmartre.

Bientôt on passa de Luchon à Paris.

— Nous vivons chez nous, sur nos terres situées près de Toulouse, me dit le comte, mais nous faisons tous les ans un voyage à Paris. Nous y avons passé trois mois, l'hiver dernier.

Je levai discrètement les yeux sur la comtesse et je crus m'apercevoir qu'elle rougissait. Cependant, comme un rayon de soleil couchant se jouait sur son visage, je prenais peut-être pour de la rougeur un simple effet de lumière.

Enfin le comte remonta dans sa voiture, me fit promettre d'aller, le soir, au bal du Casino, me serra chaleureusement la main et disparut avec sa femme.

XVIII

— Rejoignons ces messieurs, me dit Gaston de X..., lorsque nous fûmes seuls.

— Si vous n'y voyez aucun inconvénient, répondis-je, nous ferons d'abord un tour de promenade. Quand on vient de voyager deux jours sur un chemin de fer, il est agréable de marcher.

— A vos ordres, cher ami, me répondit-il.

Je brûlais de l'interroger au sujet de la comtesse, et c'est pour cela que je l'entraî-

nais à l'écart. Il devança mes désirs en me
disant tout à coup :

— Eh bien! Comment trouvez-vous la
belle Gabrielle?

— Qui appelez-vous ainsi?

— Mme de X..., que nous venons de
quitter. Son petit nom est Gabrielle et vous
comprenez que le surnom était indiqué.

— Parfaitement. Elle le mérite. C'est
une très jolie femme.

— Et d'une distinction parfaite, d'un esprit original au possible.

— J'en suis persuadé. A-t-elle une sœur
qui lui ressemble?

— Non, elle est fille unique.

— Tant pis. C'est une Parisienne sans
doute?

— Elle l'a été jusqu'à vingt ans. Depuis son mariage, comme vous l'a dit
M. de X..., elle habite le Midi.

— Pourquoi? Par économie?

— Nullement, par goût. Le comte jouit d'une fortune considérable en terres, sans parler d'excellentes rentes sur l'État. C'est un des plus riches propriétaires de la Haute-Garonne.

— Et la belle Gabrielle se plaît dans la Haute-Garonne?

— Non pas dans la Haute-Garonne, mais dans sa magnifique résidence, un château quasi-royal qui appartient à la famille du comte de X..., depuis plusieurs siècles. Elle y est entourée de tout le luxe d'autrefois et de notre confort moderne. Elle monte à cheval, elle chasse, et ce qui est aussi une occupation, elle adore son mari.

— Ah! Elle adore son mari, répétai-je.

— Sans doute. Comment n'aimerait-elle pas ce jeune, beau et solide garçon, d'une intelligence suffisante, qui doit lui donner toutes les satisfactions auxquelles elle peut prétendre ? C'est un mariage d'amour qu'elle a fait, car elle était riche elle-même et pouvait choisir au milieu de nombreux prétendants. Mais sa mère, une femme d'esprit, que j'ai l'honneur de connaître, a pensé que cette belle et grande fille blonde, au sang à fleur de peau, devait avoir pour mari quelque beau garçon, jeune comme elle, taillé comme elle, en brun ce qu'elle est en blond, et la tête, le cœur embrasés par le soleil du Midi. M. de X... que son nom, son titre et sa fortune recommandaient du reste aussi, s'est présenté. Il remplissait les conditions exigées par la mère ; d'instinct, la fille le trouvait à son gré. Le mariage s'est fait, les deux époux vivent parfaitement heureux et...

— Et ont beaucoup d'enfants, achevai-je.

— Ils n'en ont pas encore.

— Tiens! Depuis quand sont-ils donc mariés?

— Depuis deux ans à peine.

— C'est plus qu'il n'en faut quand on doit en avoir, fis-je observer.

Je gardai un instant le silence, puis je repris d'un ton dégagé :

— Alors, votre comtesse est une parfaite honnête femme?

— Certes, des plus honnêtes. Une vertu renommée. Pourquoi me demandez-vous cela? Songeriez-vous à vous occuper d'elle? Croyez-moi, cher ami, vous perdriez votre temps. Il faut vous résigner à voir seulement dans Mme de X... une très charmante femme qui, par son esprit, rendra plus supportable votre séjour à Luchon; mais ne lui faites pas la cour, croyez-moi, c'est inutile.

— Vous avez essayé?

— Peut-être.

— Cet hiver à Paris?

— Non, je ne l'y ai pas rencontrée. C'est à son retour de Paris, lorsque je suis allé lui faire visite.

— Et vous avez été blackboulé?

— Toutes boules noires.

— Combien de temps a duré votre cour?

— Oh! très peu de temps. Dès que la comtesse s'est aperçue que j'avais un noir dessein, des intentions criminelles, continua de B..., en souriant, elle m'a dit avec sa franchise et sa bizarrerie habituelles : « Cher monsieur, restez donc tranquille. Vous en seriez pour vos frais de soupirs et de regards langoureux. J'aime mon mari, et ne l'aimerais-je pas que je ne trouverais aucune raison de le tromper. Tous les hommes se ressemblent! »

— Ah! Elle a dit : « Tous les hommes

se ressemblent! » Que peut-elle en savoir, si elle n'a jamais connu que son mari ?

— Elle parlait évidemment au moral. Elle voulait dire que nous avons les mêmes qualités et les mêmes défauts.

Je gardai un instant le silence. Ces mots prononcés par la comtesse : « Tous les hommes se ressemblent ! » me donnaient à réfléchir, et mon imagination faisait des siennes. Accidentelle, d'abord, ma folie devenait chronique.

Je repris, en affectant toujours la plus complète indifférence :

— Et le comte, est-il aussi vertueux que sa femme ? Lui est-il fidèle ?

— Probablement.

— Vous n'en êtes pas sûr ?

— Dame, je n'ai pas reçu ses confidences.

— Il ne me paraît pas très réservé cependant. Si je l'ai bien jugé, il doit parler sans qu'on lui fasse violence.

— Je l'avoue. Mais, avant d'être son ami, j'étais celui de la comtesse que j'ai connue jeune fille et il se méfie de moi.

— Alors, vous pouvez le trahir sans scrupule. S'il se tait avec vous, agit-il devant vous? L'avez-vous vu s'occuper d'autres femmes que de la sienne?

— Souvent. Il aime assez qu'on lui prête des bonnes fortunes. En a-t-il vraiment? Je n'en sais rien. Il tournait dernièrement autour de la fausse Doménil, vous savez bien, l'amazone que je vous montrais tout à l'heure, mais il n'a fait, je crois, que tourner.

Deux de mes amis qui venaient de nous apercevoir nous rejoignirent et nous obligèrent à changer de conversation.

XIX

Au lieu de dîner avec ces messieurs, comme ils m'y engageaient, je rentrai à l'hôtel Sacaron et je me fis servir chez moi. Je voulais, dans un isolement complet, en toute liberté d'esprit, réfléchir à ce qui venait de m'arriver, me faire une opinion raisonnée.

J'essayai d'abord d'oublier le visage de la comtesse de X..., de chasser, en quelque sorte, le souvenir de sa personne physique, de ne plus voir que sa personnalité. Elle portait un grand nom; elle avait une grande

fortune ; elle était jeune, jolie, d'une distinction parfaite. Mariée depuis deux années
seulement, elle aimait, disait-on, son mari,
et tout le donnait à croire.

Dans ces conditions, comment admettre
que l'hiver dernier, quelques mois auparavant, une femme comme celle-là, dans
la situation que je venais d'analyser, se fût
rendue, un soir, chez Lareine, pour se
donner au premier venu ?

C'était inadmissible, et je me le répétais
sur tous les tons, à satiété, pour me bien
convaincre. Mais, tout en me le répétant,
je me disais : « Pourquoi, dès mon premier regard jeté sur la comtesse de X...,
un frisson m'a-t-il parcouru le corps et
pourquoi me suis-je écrié : « La voici ! Je
l'ai retrouvée ! » Il m'est arrivé, depuis que
je la cherche, d'être présenté à plusieurs
jolies bouches, ressemblant à la sienne.

Dans le nombre, plusieur smême s'en ap-
prochaient beaucoup; et, pourtant, aucune
ne m'a causé le moindre émoi. Une seconde
d'examen me suffisait pour dire : « Non ! Ce
n'est pas cela ! » Aujourd'hui, au contraire,
j'ai dit, sans hésitation : « C'est cela ! »
Pourquoi ? Puis, non seulement je retrouve
les mêmes lèvres, les mêmes dents, le
même sourire, la même expression, enfin
ma bouche au grand complet, telle que je
l'ai longtemps contemplée, mais je retrouve
aussi tout son entourage, comme je l'ai
entrevu, comme ma mémoire me le représente. Par excès de conscience, j'essaye de me prouver que ce ne sont pas
les mêmes yeux, le même nez, les mêmes
sourcils, les mêmes cheveux, et je ne puis
pas. Ils m'apparaissent, non pas tels que
je viens de les voir, mais tels que je les ai
toujours vus dans mes rêves. »

Cela ne me suffit pas.

« Soit! continuai-je, ce sont les mêmes traits, c'est la même tête, mais le corps dont je ne parle pas? Celui d'aujourd'hui ressemble-t-il à celui d'autrefois? Au bon moment, mon inconnue a fait l'obscurité autour d'elle; mais, si je ne l'ai pas vue, ce qu'on appelle vue, je l'ai devinée, lorsqu'elle était étendue à mes côtés, tellement devinée que je puis décrire toutes ses perfections. Rien ne m'empêche donc de les comparer à celles de la comtesse de X..., comme je viens de comparer les deux visages.

« Si. Tout m'en empêche : je connais un peu la première, je ne connais pas du tout la seconde au point de vue corporel. Mme de X... était assise dans sa voiture; un cachemire et un plaid, destinés à lutter contre la fraîcheur qui descend des mon-

tagnes au soleil couchant, enveloppaient
son buste et ses jambes. Peut-on se rendre
compte des formes d'une femme ainsi em-
mitouflée? Si elle avait fait un mouvement,
si elle s'était levée, je me serais peut-être
immédiatement écrié : « Ce n'est pas la
même ! Celle-ci a la tête de moins que
l'autre et n'est point bâtie superbement
comme elle. »

Je n'avais donc pas le droit de conclure.
En effet, puisque je m'attachais, seulement
alors, au point de vue physique, puisqu'à
toutes les raisons morales que j'avais de
douter, j'opposais, pour croire, des preuves
simplement matérielles, il fallait que ces
dernières fussent complètes, évidentes, pal-
pables.

Comment les acquérir? Je ne pouvais
guère espérer que, pour me permettre de
faire des comparaisons, pour faciliter mes

expériences, la comtesse se prêterait à un
examen sérieux, approfondi. Non certes.
Mais son concours m'était-il indispensable ?
Si on en excepte les robes à panier qui
sont moins indiscrètes, la plupart des cor-
sages et des jupes modernes ne permettent-
ils pas de se rendre compte de bien des
choses ? Il suffit au regard d'être assez
expérimenté pour distinguer le point précis
où finit le vêtement et où commence la
nature. Mon regard ne manquait pas d'expérience et je pouvais espérer qu'il ne me
ferait pas défaut. Il ne s'agissait que d'attendre.

Attendre ! Voilà un mot qui m'a toujours
déplu. Attendre pour savoir si cette adorable femme, je l'avais tenue une heure dans
mes bras ! Attendre afin d'éclaircir un point
si intéressant pour un moraliste comme moi,
curieux même pour tous les savants, un

point de science : une femme du monde jeune, jolie, distinguée, riche, bien mariée, respectée de tous, pouvait-elle pousser la dépravation jusqu'à se prostituer dans un mauvais lieu?

Mais il était inutile d'attendre : le comte de X... n'avait-il pas parlé d'un bal qui se donnait le soir même au Casino, et où il comptait se rendre?

Sa femme l'accompagnerait sans doute. Elle ne serait plus assise et couverte des pieds à la tête. Je pourrais l'examiner et la disséquer.

Je consultai la pendule; elle marquait neuf heures. Il était déjà temps de me diriger vers le Casino.

X X

En route, je me disais : « Il est très possible que je ne la voie pas ce soir. Elle trouvera quelque prétexte pour rester chez
elle ; peut-être même quittera-t-elle Luchon,
dès demain. Si elle est bien la femme que
je suppose, elle n'osera plus paraître devant moi par pudeur et par prudence. »

Ces craintes ne furent que passagères :
« Elle a fait trop bonne contenance, dès le
premier moment, ajoutais-je, pour craindre
de se trahir dans la suite. Puis elle me paraît trop intelligente pour se conduire ma-

12

ladroitement. M'éviter, se soustraire à mes regards, prendre la fuite, voilà où serait la faute, où serait l'aveu. Elle viendra dans tous les cas : d'abord, si elle n'a aucun rapport avec l'autre. Pourquoi changer ses projets? Si c'est elle, au contraire, et qu'elle espère n'avoir pas été reconnue, elle viendra dans la crainte d'éveiller mes soupçons. Si elle pense enfin que je l'ai reconnue, elle viendra d'autant plus, avec l'espoir de me jeter des doutes dans l'esprit, de me donner le change ; elle voudra payer d'audace. »

Je ne m'étais pas trompé. Gaston de B..., qui me rejoignit, dès mon entrée, dans le jardin du Casino, m'apprit que le comte et la comtesse de X... étaient arrivés depuis un instant.

Je ne me pressai pas de les rejoindre. Je désirais qu'il y eût plus de monde dans le grand salon de danse, afin de pouvoir me

livrer à mon étude, analyser la belle Gabrielle, comme ses familiers l'appelaient,
sans qu'elle m'aperçût ; lui permettre de se
développer, de s'ébattre, de se produire, en
toute liberté.

Puis, je venais d'entrevoir la fausse Doménil et j'avais mes raisons pour faire le
plus vite possible sa connaissance. Le comte
s'occupait de cette belle fille, m'avait-on dit,
et je pensais qu'il pouvait m'être utile, un
jour, de me trouver en rapport avec elle,
d'être de ses amis. Souvent, on apprend par
les femmes certains secrets qu'on ne saurait
découvrir soi-même.

Doménil se promenait dans une allée
du parc, en compagnie de la blonde Lina
de B..., avec qui, dans le cours de ma
vie errante, j'avais été du dernier mieux,
et la présentation était facile. Elle se fit
dans les meilleures conditions, et comme je

n'en demandais pas davantage pour l'instant, je pris bientôt congé de ces dames et je me dirigeai vers le Casino.

Les danseurs et les danseuses, quand je fis mon entrée dans la salle de bal, se trouvaient au grand complet : assez nombreux, par place, pour me permettre de me dissimuler, assez clairsemés pour me laisser contempler à mon aise celle que je voulais étudier. J'étais en présence de ce public demi-mondain, demi-bourgeois qui fait le fond de tous les casinos : habitués de la localité, fonctionnaires, notables commerçants, propriétaires des environs, mêlés aux baigneurs venus de Paris, de la province et de l'étranger. L'ensemble avait bon air, la composition était bonne. C'est à peine si, au milieu des mères de famille et des honnêtes femmes, on apercevait une ou deux vertus un peu suspectes. On devait cet ex-

cellent triage à la vigilance de l'administra-
teur-adjoint, Cr... qui connaît à ravir son
monde, le vrai et le faux.

La comtesse de X... que j'aperçus bientôt, ne dansait pas. Debout, la main droite
appuyée sur le dossier d'une chaise, elle
semblait écouter Gaston de B... et plusieurs jeunes gens qui lui parlaient. Mais
son esprit ne devait pas être avec eux : elle
paraissait distraite et jetait des regards fur-
tifs autour d'elle, comme si elle cherchait
ou attendait quelqu'un. Si c'était à moi
qu'elle daignait songer, ses regards pre-
naient une peine inutile : j'avais déjà fait
mon entrée dans la salle, me glissant de
place en place, me dissimulant avec adresse,
comme un malfaiteur. Caché maintenant
par un groupe assez compact, j'étais invi-
sible pour elle.

Mais, je la voyais, moi. Je pouvais

12.

l'analyser, la détailler, grâce à sa toilette,
une de ces toilettes moitié ville, moitié soirée, comme on doit en porter dans un
casino, même les jours de bal. Sa redingote, en vieille étoffe Louis XVI, brochée,
fond mastic semé de bouquets d'un rose
très pâle, retombait sur une jupe courte et
dessinait très nettement toutes ses formes,
la moulait pour ainsi dire.

Elle était grande ; de taille élégante, svelte
et pleine en même temps. Les revers du corsage, largement ouverts, garnis d'un flot de
vieilles dentelles, laissaient entrevoir une
poitrine opulente, mais ferme et jeune.
Sous leur enveloppe, les hanches, aux
contours gracieux, s'accusaient fortement ;
des manches de la redingote qui s'arrêtaient
au coude, sortaient des bras replets et fins,
terminés par des mains effilées ; et de la
grosse ruche qui garnissait le bas de la jupe,

on voyait s'échapper des pieds cambrés, aristocratiques.

Cet examen terminé, dans le but de parfaire mon étude, je fermai les yeux et j'eus l'indiscrétion, pour ne pas dire l'impudeur, d'ôter à la comtesse son corsage, sa jupe, tous ses vêtements, de la déshabiller, de la mettre à nu par la pensée.

Je la vis alors comme elle devait être, comme elle était, et je retrouvai, en même temps, l'autre, l'inconnue, telle que je la connaissais en partie, telle que je l'avais devinée pour le reste.

C'étaient les mêmes formes, les mêmes beautés tenant à la fois de la femme, de la jeune fille, et de la déesse qui a pris une enveloppe terrestre, qui s'est matérialisée pour descendre parmi nous.

Je ne pouvais plus m'y tromper : corporellement, à moins d'être bien mal servi par mes souvenirs, à moins encore d'être victime d'une de ces ressemblances extraordinaires et des plus rares, j'étais en face de la même femme. Celle d'aujourd'hui était celle d'autrefois.

L'épreuve faite, je m'éloignai brusquement du groupe qui me cachait et je m'avançai dans la salle.

Elle me vit aussitôt. Il me sembla qu'elle avait tressailli. Mais, au moment où je la saluai, elle avait retrouvé tout son sang-froid, en admettant qu'elle l'eût perdu. Sa main qu'elle me tendit, comme si déjà elle me comptait au nombre de ses amis, ne tremblait aucunement.

—Vous ne dansez pas, comtesse? demandai-je, après quelques paroles échangées.

— J'attends qu'il y ait moins de monde.

— Me ferez-vous, alors, l'honneur de m'accorder une valse ?

— Volontiers, répondit-elle sans hésitation.

Décidément, elle ne me craignait pas, ou
bien elle était résolue à ne point paraître
me craindre : en me permettant de danser
avec elle, ne me fournissait-elle pas l'occasion de compléter mon étude ? Je m'étais
jusqu'alors contenté de la regarder, semblable au médecin qui d'abord promène son
regard sur le visage et le corps du sujet ;
maintenant, j'allais pouvoir lui tâter le
pouls et l'ausculter.

Vers onze heures, la foule des danseurs
s'éclaircit. Les uns gagnaient peu à peu les
salles de baccarat, les autres rentraient chez
eux pour se reposer avant le bain, la douche
et la buvette du lendemain. L'orchestre
faisait entendre les premières mesures d'une
valse. Je rappelai à Mme de X... sa promesse et, de très bonne grâce, elle s'exécuta.

Lorsque je l'entraînai au milieu du salon, je m'attendais à la voir prendre cette attitude familière aux danseuses qui veulent tenir leur cavalier en respect et observer les distances. La tête haute, le buste droit et raide, la taille rebelle, toujours prête à se dérober, elles savent se soustraire à un enlacement trop étroit. Vous ne les tenez pas, elles ne dansent pas avec vous, elles sautillent simplement à vos côtés, comme des poupées mécaniques.

Je calomniais la comtesse. Elle était trop femme pour se conduire en pensionnaire ; trop en chair pour être en bois. Elle me confia sans réserve ses mains, sa taille, et s'abandonna franchement.

J'abusai de cet abandon. Grisé par le tournoiement rapide de la valse, la musique, la chaleur, tout pénétré d'un capiteux parfum de blonde, qui s'échappait

d'elle pour monter jusqu'à moi, et que je
croyais avoir déjà respiré, enfiévré par tous
mes autres souvenirs, je la pressai sans
merci, ma poitrine sur sa poitrine, mes
genoux contre les siens. Alors, les yeux à
moitié fermés, continuant mon rêve, plongé
dans une sorte d'extase, il me semblait que
je la retrouvais tout entière, comme autrefois, étendue à mes côtés, frissonnante,,
demi-nue.

De temps en temps, lorsque la valse était
moins rapide, le mouvement plus lent, je
reprenais mes esprits et je la regardais. Une
contraction nerveuse plissait son front ; son
regard noyé errait dans le vide ; ses narines
frémissaient ; de ses lèvres toujours entr'ouvertes, rouges, humides, sortait un souffle
qui me brûlait. Plus sensuelle, plus désirable qu'elle ne l'avait jamais été, cette
bouche m'attirait ; mais, en même temps,

son sourire m'effrayait. Comme autrefois, je le trouvais hautain, dédaigneux. Il me paraissait avoir aussi une expression moqueuse, railleuse. Il semblait dire : « On ne te craint pas, on peut s'abandonner à toi sans danger, on te connaît ! »

La valse terminée, je reconduisis Mme de X... à sa place. Aucune parole n'avait été échangée entre nous.

XXI

De la femme, je passai au mari, ou plutôt ce fut lui qui s'empara de moi, m'en-
traîna dans le salon voisin, et familier déjà,
m'appelant son cher ami, le verbe haut,
gesticulant, bruyant, se mit à me parler de
Paris.

— Je le connais à fond, me disait-il, pour
y avoir passé plusieurs années avant mon
mariage. Eh bien ! je le dis carrément,
malgré mon amour pour le Midi, c'est la
seule ville du monde où l'on puisse s'amuser.

13

Résolu de provoquer ses confidences, je répondis avec naïveté :

— Nous avons, en effet, de très belles promenades dans le jour et, le soir, des spectacles très variés.

— Si ce n'était que cela ! fit le comte. Vous avez bien autre chose.

— Quoi donc ?

— Des femmes ravissantes, mon cher, comme on n'en trouve nulle part, pas même à Toulouse ; des femmes extraordinaires, le dessus du panier.

— Pour vous, homme marié, ce panier contient le fruit défendu.

— Défendu, je le veux bien ; mais, par cela même, d'autant plus savoureux.

— Qu'en savez-vous ? Vous n'y goûtez pas, j'imagine.

— Non, sans doute, fit-il mollement, sans conviction, comme s'il ne tenait pas à me

persuader, mais je vis dans le passé, dans
mes souvenirs. J'en ai rapporté de bons, et
je crois en avoir laissé d'excellents. Oui,
excellents ; je n'y ai pas grand mérite,
ajouta-t-il avec une soudaine modestie, car
vous ne gâtez pas les femmes, vous autres
Parisiens. Si vous les invitez à souper, vous
leur servez un petit ordinaire, un ou deux
plats, tandis qu'avec nous il y a plusieurs
services, sans compter les entremets.

Il s'arrêta pour rire bruyamment de cette
plaisanterie qu'il trouvait du meilleur goût.

Je le laissai s'épanouir, puis je lui dis :

— Est-ce que vous êtes tous comme cela,
dans le Midi ?

— Non; quelques-uns seulement, fit-il
en caressant sa barbe.

Je commençais à connaître mon homme.
Il aurait pu tirer vanité de sa grande fortune, de son nom, de son titre. Il n'y son-

geait pas, et se montrait, à ce sujet, des plus modestes, pour mieux mettre en relief ses avantages physiques. Il n'estimait que sa belle structure, ses muscles, sa barbe et ses cheveux à la Samson avant Dalila. Suivant une expression vulgaire, mais qui peint bien ma pensée, il posait pour le mâle. Ces types sont assez communs dans le Midi. On y prise fort la beauté masculine, peut-être parce qu'elle s'y est mieux conservée que partout ailleurs. On fait tant de cas de la force physique qu'il est question d'édifier de nouvelles arènes pour les combats d'athlètes. Souvent même, on voit sourire dédaigneusement quelque beau garçon à qui l'on parle d'Hercule et de ses douze travaux.

Emporté dans le tourbillon des souvenirs, lancé sur la pente de ses prouesses, le comte ne tarissait plus. On aurait dit vraiment que toutes nos Parisiennes, les plus jolies et les plus en renom, s'étaient attendries à sa vue, qu'elles chantaient ses exploits, qu'il les avait toutes englobées dans son robuste amour.

Je saisis un moment où il reprenait haleine pour lui dire :

— J'espère bien que votre femme n'a jamais eu connaissance de ces intrigues, de tous ces succès. Vous avez été discret avec elle.

— Pourquoi l'aurais-je été? fit-il. J'étais garçon alors, et absolument libre de mes actions.

Il s'était vanté, même auprès de sa femme! Il fallait qu'il fût bien sûr de lui. Quel homme! Mon admiration ne fut pas exempte d'un peu de jalousie, car j'ajoutai avec une certaine aigreur :

— Vous êtes bien heureux d'avoir eu

tant de bonnes fortunes et dans de si bons lieux. J'en ai été réduit, moi, souvent, à me contenter du menu frétin de la galanterie.

— Eh! eh! fit-il, en souriant de toutes ses dents, éclatantes de blancheur sous ses moustaches noires, je ne dédaigne pas non plus votre frétin. Il a son prix; il repose des liaisons mondaines. Je ne vous cacherai pas que je me suis glissé plus d'une fois dans les coulisses des petits théâtres et, si je l'osais, j'avouerais même — au fait, pourquoi pas, vous êtes homme à me comprendre — j'avouerais franchement que je me suis parfois compromis dans certains asiles mystérieux, à la mode, comme ceux de Baronne, de Valence et de Lareine.

Je tressaillis. Il connaissait Lareine! Avait-il aussi poussé le bavardage, l'indis-

crétion et l'audace jusqu'à parler d'elle à
sa femme ?

Je ne pouvais pas le lui demander. Mais
ce nom, qui surgissait tout à coup dans
notre entretien, me donna l'idée d'éclaircir
un point important, de préciser une date.

Comme il daignait maintenant, après
avoir tant parlé de lui, s'occuper de moi et
qu'il se félicitait, en termes toujours cha-
leureux, d'avoir fait ma connaissance :

— Êtes-vous sûr, lui dis-je, que nous
nous voyons aujourd'hui pour la première fois ? Il me semble que je vous ai
déjà rencontré quelque part. En vous re-
gardant, je me demandais tout à l'heure si
ce n'était pas, l'hiver dernier, dans un
grand bal de bienfaisance, donné à l'hôtel
Continental. Je m'en souviens parce qu'il
a marqué dans ma vie par suite de certaine
aventure. Et, tenez, je puis vous en dire

exactement la date. C'était le 27 janvier
dernier.

J'avais de bonnes raisons pour donner
cette date du 27. C'était le 26 janvier que
j'avais rencontré mon inconnue chez Lareine.

Il refléchit un instant et me répondit :

— Vous vous trompez. J'ai eu, en effet,
le projet de me rendre au bal dont vous
parlez. Mais, le matin du jour où il devait
avoir lieu, la comtesse a été prise subite-
ment d'un invincible dégoût de Paris. Elle
voulait sans tarder retourner dans le Midi,
rentrer chez elle. Comme je ne sais rien
lui refuser, j'ai donné l'ordre de faire nos
malles et nous sommes partis, par l'express
du soir.

— Vous êtes bien certain que ce départ
a eu lieu le 27 ?

— Parfaitement certain. J'avais fêté, la

veille, certaine Sainte-Paule, une ancienne amie, et le calendrier au besoin nous dirait que la fête de Sainte-Paule est le 26 janvier.

— Comment ! Vous fêtez ainsi les saintes d'autrefois ?

— Quelques-unes qui ont marqué dans ma vie. J'ai la religion du souvenir.

— Et à quel moment leur apportez-vous vos hommages, leur brûlez-vous votre encens ? Dans la journée, le soir, ou plus tard ?

— Oh ! le soir seulement, mon cher, le soir. J'étais de retour vers minuit à mon hôtel.

— Où la comtesse se morfondait en vous attendant.

— Non pas. Elle était allée au théâtre avec une de ses amies. Je crois même me rappeler qu'elle est rentrée après moi.

13.

L'instruction à laquelle je procédais de mon chef, sans avoir été désigné par le procureur de la République, marchait à grands pas. J'obtenais toutes les informations nécessaires pour mettre la cause en état d'être bientôt jugée. Le témoignage du mari de l'inculpée, était accablant. Au lieu d'invoquer un alibi pour sa femme, il affirmait au contraire d'une façon très nette, sinon la présence de celle-ci dans la maison où le crime avait été commis, du moins la possibilité de se trouver sur les lieux, au jour et à l'heure voulus.

Cette déposition semblait établir aussi que, tourmentée de l'idée qu'elle pourrait se retrouver en face de son complice, que celui-ci essaierait de l'intimider, de se livrer peut-être à un odieux chantage, l'inculpée avait précipitamment quitté Paris et était venue se réfugier dans ses terres.

A ces terribles charges, allait bientôt s'en joindre une autre, fournie encore par le mari. Je m'empressai de la relever contre sa femme, comme doit faire tout bon juge instructeur.

Tout en causant, nous étions rentrés dans la salle de bal et nous avions rejoint Mme de X... Elle manifesta le désir de se retirer et nous gagnâmes le vestiaire tous les trois, car mon nouvel ami ne me permettait plus de le quitter.

Pendant la soirée, comme il arrive souvent dans les pays de montagnes, le temps avait brusquement changé. Au vent du Midi, soufflant de l'Espagne, succédait une brise des plus fraîches, qui ressemblait fort à un mistral tempéré.

— Vous n'êtes pas assez couverte, dit M. de X... à sa femme, en lui jetant sur les épaules un manteau d'été que les employés du vestiaire nous avaient remis.

— Je ne pouvais pas me douter, fit-elle, de ce changement de température.

— Je le prévoyais, moi, chère amie, car je vous ai recommandé de prendre vos précautions.

— Que voulez-vous? L'idée ne m'est pas venue d'apporter mes fourrures à Luchon.

— Vos fourrures, non; mais rien ne vous empêchait de mettre votre grand manteau de satin noir ouaté avec capuchon, celui que vous portiez, cet hiver, à Paris. J'avais dit à votre femme de chambre de vous le donner; vous n'en avez pas voulu, je ne sais pour quelle raison, et vous aurez froid.

Ces raisons qu'il ne connaissait pas, je croyais les deviner : la comtesse s'était sans doute rappelée qu'elle m'était apparue pour la première fois, enveloppée dans ce manteau de satin noir ouaté avec capuchon, et elle renonçait à le porter depuis qu'elle m'avait rencontré.

Je lui offris le bras pour l'aider à monter dans sa voiture et je pris congé d'elle et de son mari.

XXII

Le lendemain, au lieu de me livrer à cette douce flânerie bien connue et si fort appréciée des baigneurs qui ne se baignent pas : d'inspecter les buvettes; d'essayer d'entrevoir, par une porte entre-bâillée, la piscine des dames ; d'étudier de quelle façon gracieuse une jolie gorge se gargarise; de me promener dans le quinconce planté de catalpas et de tulipiers qui fait face à l'établissement thermal ; de côtoyer les bords du petit lac en miniature ; de gagner la *Fontaine d'Amour*, sous les frais om-

brages du *Bois ;* de pousser jusqu'à l'*allée
des Veuves* et à *l'allée de la Pique*, pour
saluer une jolie demi-mondaine, coquetant
sur le perron de la *Villa Raphaël ;* de mar-
chander des porcelaines et des bibelots au
bazar *Vidis ;* d'aller manger des crêpes au
Chalet d'Amour ; de m'enfoncer dans l'*allée
des Soupirs*, à la poursuite de quelque belle
fille aragonaise en costume national ; au
lieu, enfin, de goûter à toutes ces petites
jouissances, je commandai une voiture, j'y
montai et je dis au cocher de me conduire
à Saint-Béat.

A Luchon, en fait de promenades, pro-
ches ou lointaines, courtes ou longues, on
n'a que l'embarras du choix. Dans aucun
pays du monde, on ne rencontre tant de
jolies routes, si variées d'aspect, si pitto-
resques. Mais celle de Saint-Béat avait sur
les autres un avantage, précieux pour moi,

ce jour-là : elle est plate, parfaitement car-
rossable du commencement à la fin, et, ni
les brusques arrêts, ni les accidents de
terrain, ne devaient me distraire de mes
pensées et interrompre l'intéressante rê-
verie à laquelle je voulais me livrer.

Seul, dans le fond de ma calèche, les
jambes étendues sur la banquette de devant, couché plutôt qu'assis, je songeais
naturellement, on le pense bien, à la comtesse de X...

Et, d'abord, me disais-je, pourquoi mettre
tant d'opiniâtreté dans mes investigations,
tant d'acharnement à vouloir que la femme
d'aujourd'hui soit la femme d'autrefois ? La
dernière que j'ai rencontrée n'est-elle pas
aussi belle que la première, aussi complète,
aussi parfaite ? Le corps, le visage de l'une
et de l'autre ne se valent-ils pas ? Si je me
trompe, si je n'ai pas retrouvé la même

bouche, la vraie, celle qui la remplace n'est-elle pas absolument semblable, ne me cause-t-elle pas des émotions aussi vives, n'éveille-t-elle pas les mêmes désirs? Et, creusant cette idée, j'ajoutai : Ne vaut-il pas mieux m'attacher à cette jolie bouche de femme honnête, de femme du monde et de comtesse, à cette bouche toute neuve, plutôt que de m'acharner à l'éternelle poursuite d'une bouche d'occasion, trouvée par hasard chez Lareine, et probablement défraîchie?

Oui, sans doute. Mais l'ancienne bouche, j'étais lié avec elle, non pas intimement, comme je l'aurais voulu, mais assez pour que nos relations devinssent plus étroites. Grâce aux souvenirs du passé, que j'aurais évoqués, je pouvais préparer l'avenir. Une bouche à laquelle on vient seulement d'être présenté, qui ne vous a encore rien dit,

fait des manières, hésite à parler, à s'ouvrir ; une bouche déjà entr'ouverte parle
plus volontiers et peut, si on la presse,
devenir éloquente. J'avais donc un intérêt
évident à retrouver une vieille connaissance.

Eh bien ! Ne l'avais-je pas retrouvée ?
Cette ressemblance frappante n'aurait-elle
pas dû me suffire, à défaut de toutes les
autres preuves recueillies, la veille ?

Sans doute, mais il fallait alors continuer
l'instruction commencée, et qui était loin
d'être terminée. Je n'avais réuni jusqu'alors que des informations purement
matérielles. Les indices moraux m'échap-
paient, ou plutôt ils plaidaient en faveur de
l'inculpée : sa fortune, son rang, sa distinction native, son éducation, son amour
conjugal, ses bons antécédents. Ce qui
manquait surtout, ce que je cherchais inu-

tilement, c'était la cause déterminante du délit, le mobile du crime.

Où était-il ce mobile ? Je l'avais autrefois cherché. Mais, alors, je raisonnais par hypothèse. « Si mon inconnue, me disais-je, est une femme du monde, quelle raison a-t-elle pu avoir de se rendre chez Lareine ? » Aujourd'hui, je me trouvais en présence de la comtesse Gabrielle de X..., parfaitement connue, bien vivante, et je devais faire d'autres raisonnements.

Je les fis, et j'en arrivai aux mêmes conclusions :

Le mobile du crime ne pouvait être l'intérêt, l'argent ; c'était inadmissible. Une curiosité malsaine, peut-être, une aberration, le vice pour le vice? C'était encore plus improbable chez une femme de son âge. Après avoir beaucoup vu, certaines femmes déjà faites, presque défaites, veu-

lent voir encore : elles étudient, elles fouil-
lent, elles creusent le vice. Une toute
jeune femme, quelle que soit sa précoce
dépravation, ne va pas si vite en besogne.
Intimidée, hésitante, retenue par une dernière pudeur, elle reste au bord de l'abîme
sans y descendre.

La jalousie, la passion, l'effréné besoin
de se venger d'un mari infidèle ? La vengeance, dans ce cas, si elle est tenue secrète, ne venge rien ; si elle est divulguée,
entraîne une séparation, et les deux époux
vivaient en parfaite intelligence. Par désir
d'avoir un enfant ? Soit ! Mais, dans quel
but ? Spolier les héritiers du mari ? J'avais
eu autrefois cette idée. Je ne pouvais plus
m'y arrêter aujourd'hui : c'est une fille pauvre, en puissance de vieux mari, qui seule
est capable de pareils calculs, et la comtesse de X..., riche par elle-même, était

la femme d'un homme jeune qui ne songeait pas à mourir. Avec l'unique pénsée
peut-être de goûter les joies de la mater-
nité? Celle dont l'âme aspire à des joies si
pures ne songe pas à s'avilir. Puis, une
femme mariée seulement depuis deux années, désespère-t-elle d'avoir des enfants,
lorsqu'elle est aimée de son mari et quand
elle l'aime?

Ici, je m'arrêtai. Il me semblait qu'il fallait réfléchir plus longtemps avant de conclure. Cette femme d'une distinction ex-
quise, d'un esprit original, cette Parisienne
jusqu'au jour de son mariage, pouvait-elle
aimer vraiment, comme on l'affirmait, ce
provincial qui s'était seulement frotté à
Paris et mal frotté, cet homme infatué de
sa personne, ce bellâtre? Non. Il froissait
certainement toutes ses délicatesses. Elle
avait dû rêver des amours en harmonie avec

ses goûts, à la portée de son esprit, plus
éthérées. Mais serait-elle donc allée les
chercher chez Lareine, où l'on ne peut songer à satisfaire que des appétits matériels?
A ce point de vue, son mari, insuffisant
sous les autres rapports, n'était-il pas
absolument ce qu'il lui fallait?

Ici, encore, je devins un peu rêveur,
et comme mon cocher s'était arrêté devant
la principale auberge de Saint-Béat, je des-
cendis de voiture.

XXIII

Il était midi. L'air vif que je respirais
depuis deux heures dans ma course rapide, le vent que me soufflaient au visage
les montagnes voisines, le mont Arie et le
cap Det-Mount, peut-être aussi mon long
monologue, m'avaient ouvert l'appétit. J'entrai dans l'auberge et je commandai de
me servir à déjeuner sur la petite terrasse
si connue des touristes, au-dessus du torrent, en face de la prairie.

Je venais de me mettre à table lorsque je vis tout à coup apparaître Domé-

nil et Lina de B... Doménil, excellente
écuyère, avait escorté à cheval le panier
léger que conduisait Lina, et toutes deux,
parties de Luchon une demi-heure après
moi, arrivaient à Saint-Béat presque en
même temps que ma voiture.

La terrasse était déserte, je n'avais pas
à craindre de me compromettre en compa-
pagnie légère et je priai les deux voyageuses de vouloir bien s'asseoir à ma table.

Lina qui m'avait vu, la veille, si désireux
de faire la connaissance de son amie, s'était
déjà résignée au rôle de comparse. Sa modestie se trompait : je lui réservai mes
plus douces paroles, mes regards les plus
expressifs, et elle put croire que j'avais
pour elle un regain de tendresse. Hélas !
j'essayais simplement de me faire une alliée
qui pouvait aider certain projet, conçu
à la suite de mes dernières réflexions.

L'homme, l'amant s'effaçaient devant le juge instructeur ardent au travail, cherchant par tous les moyens possibles à éclairer sa religion.

En bonne fille qu'elle est, et depuis trop longtemps dégagée de moi pour se montrer jalouse, Lina ne put s'empêcher de me dire :

— Je te croyais amoureux de Doménil ?

— Hélas ! je ne puis pas l'être, malgré l'envie que j'en aurais, répondis-je.

— Pourquoi ? demanda Doménil, intriguée.

— Tu crains ma vengeance ? fit Lina en riant.

— Non, tu n'es pas dangereuse. Je crains de déplaire à un ami.

— Quel ami ? demandèrent-elles, toutes les deux à la fois.

— Le comte de X...

14

— Il n'est pas mon amant! s'écria Doménil avec un accent de vérité, où perçait
quelque regret.

— Je ne dis pas qu'il le soit, repris-je,
mais il aspire certainement à l'être.

Elle secoua la tête et laissa tomber ces
mots empreints de tristesse :

— Sa femme est trop jolie pour qu'il
songe à la tromper avec moi.

— Permettez : la comtesse est blonde
et vous êtes brune ; il peut vous aimer
toutes les deux, sans vous tromper ni l'une
ni l'autre. On ne trompe une blonde qu'avec
une autre blonde. C'est lui dire : j'ai trouvé
plus blonde que vous. Avec une brune, ça
ne compte pas.

Ce raisonnement subversif paraissant
produire de l'effet sur Doménil, je m'empressai d'ajouter :

— Du reste, vous ne pouvez nier que le

comte vous fait la cour. Parlez franchement ; nous sommes ici entre camarades,
entre amis, n'est-ce pas, Lina ?

— Tu peux dire : entre hommes.

Encouragée de la sorte, Doménil m'a-
voua que le comte s'était occupé d'elle et
lui avait même demandé de le recevoir.

— Et vous avez refusé ? fis-je avec un
étonnement qui frisait l'impertinence.

— Non, au contraire.

— Alors ?

— Il n'est pas venu.

— Cependant, on m'avait affirmé...

— Oui, je le sais. On a dit qu'il était
resté chez moi jusqu'à cinq heures du
matin. Qui a fait courir ce bruit ? Je
l'ignore. Mais je vous donne ma parole
que je n'ai même pas reçu sa visite. Ce
n'est pas vous, un ami de Lina, que je voudrais tromper.

Je pris un **air grave** pour dire :

— Alors, vous avez tous les mauvais côtés de la chose sans en avoir les bons ?

— C'est vrai.

— Pourquoi acceptez-vous cette situation fausse ?

— Que puis-je faire ?

— L'obliger à profiter de l'autorisation que vous lui avez donnée. Quand on demande une permission, que diable ! continuai-je en paraissant m'animer, c'est pour s'en servir.

— Évidemment, dit Lina.

— Son abstention, lorsque vous vous montriez si gracieuse, vous fait injure, et les bruits qui circulent sur vous, vous font dutort.

— C'est absolument ce que je te disais, reprit Lina.

— Cependant, fit observer Doménil, si le

'comte ne veut pas venir chez moi, comment l'y contraindre? Donnez-moi un conseil.

— Un conseil, songez donc, c'est délicat. Je suis lié avec M. de X...

— Oh! vous le connaissez à peine. On vous a présentés, hier, l'un à l'autre.

— Peu importe; entre hommes, on doit se soutenir.

— Eh bien! puisqu'il vient d'être convenu, fit observer Doménil en souriant de toutes ses jolies dents, que nous sommes tous les trois entre hommes?

Je me laissai encore un peu prier pour la forme, et je me rendis?

— Vous vous conduirez, avec le comte, dis-je d'un ton sérieux, tout autrement que vous n'avez fait jusqu'ici. Vous étiez gracieuse, aimable, empressée; devenez réservée, froide. Ne lui répondez pas quand

14.

il vous parlera ; tournez-lui le dos au besoin, et surtout déclarez, partout, bien haut,
qu'il ne vous est rien, qu'il ne vous sera
jamais rien et qu'il vous déplaît.

— Lui ! fit-elle naïvement.

Cette jeune et belle fille, d'intelligence
tempérée, mais de sens très ardents, s'était
évidemment *toquée* de ce beau brun, à la
barbe épaisse, aux cheveux drus, à la puissante carrure. Puis, en songeant à l'a-
gréable, elle n'oubliait pas l'utile, elle
se disait que le comte de X..., désirable
comme amant, pouvait être précieux comme
banquier.

— C'est, repris-je, le seul moyen que
vous ayez de vaincre sa froideur. Il était
trop sûr de vous. Tenez-lui rigueur, blessez
son amour-propre, et vous le verrez bientôt
à vos pieds. C'est mal à moi, je le sais, de
vous armer ainsi contre lui ; mais vous

m'avez inspiré, à première vue, une véritable sympathie. Puis, que voulez-vous, j'ai beau faire, je me range toujours du côté de votre sexe ; je suis l'ami des femmes.

— En attendant mieux, n'est-ce pas ? fit Lina.

Le déjeuner se termina très gaiement, et pour achever la conquête de mes alliées, pour en faire les auxiliaires de la justice, je leur proposai de franchir la frontière d'Espagne et d'aller risquer quelques louis à la roulette de Pont-du-Roy. Elles acceptèrent avec empressement et gagnèrent à la rouge et à la noire tout ce que j'y perdis. D'ordinaire, les juges instructeurs n'ont pas tant de prévenances pour les agents qu'ils emploient.

Je rentrai à Luchon assez tard dans la soirée.

XXIV

Ce fut la dernière journée que je passai loin de la comtesse de X... Le lendemain, j'allai lui présenter mes respects dans la villa qu'elle occupait sur la route d'Espagne, et à partir de ce moment, je pris rang parmi ses fidèles, je fus de toutes ses promenades et de toutes ses excursions.

Elle m'accueillait très gracieusement, de la façon la plus naturell᷉ ᴜ monde, et si je n'avais pas remarqué certaine expression railleuse dans son sourire, quand je

me hasardais à lui adresser quelque com-
pliment, j'aurais pu croire qu'elle n'était
pas la femme d'autrefois, ou bien qu'elle
ne m'avait pas reconnu, ou encore qu'elle
pensait n'avoir pas été reconnue par moi.

Ma conduite, mon attitude et mes paroles
devaient l'entretenir, du reste, dans cette
dernière idée. Je m'étais fait une loi de ne
tenir aucun propos de nature à éveiller ses
craintes, de ne hasarder aucune allusion,
même indirecte, à notre secrète aventure,
s'il y avait eu aventure. C'était prudent, car
malgré toutes les preuves matérielles que
j'avais recueillies et certains indices moraux qui peu à peu augmentaient mon dossier, mes doutes me reprenaient par instant. Lorsque, au contraire, toute hésitation
cessait, que rassemblant mes souvenirs, con-
sultant mes notes judiciaires, je me disais :
« C'est elle ! c'est elle ! » je trouvais encore

qu'il était de bon goût de me taire, de ne
paraître voir en elle que la comtesse de X...
à qui j'avais eu l'honneur d'être présenté,
pour la première fois, à Luchon.

Et, du reste, même si je l'avais autrefois connue, n'était-elle pas pour moi une
femme absolument nouvelle? J'avais pu
admirer sa beauté, la tenir dans mes bras,
coller mes lèvres sur les siennes, soit !
Était-ce donc la connaître? Tout ce qui la
rendait séduisante au possible, en faisait
maintenant pour moi une femme incompa-
rable, m'avait échappé. Je ne me rendais
compte, alors, ni de l'ensemble de son visage, ni de sa physionomie, ni de la distinction de ses manières, ni de son esprit
fin, original, toujours éveillé, ni du charme
souverain qui se dégageait d'elle. C'était
bien de la comtesse de X... seule, que, peu
à peu, je devenais amoureux.

Oui, amoureux, moi! Moi qui jusqu'alors avais passé à côté de l'amour vrai, sans vouloir répondre à ses avances, le trop connaître et vivre dans sa dangereuse intimité, moi qui avais remplacé l'amour par des amours, la femme par des femmes, le cœur par des sens!

Obligé de reconnaître, de jour en jour, à mon grand étonnement, que je me dématérialisais, que je m'idéalisais en quelque sorte, il m'arrivait cependant de me demander si la comtesse de X..., avec toutes ses qualités intellectuelles et morales, aurait produit sur moi la même impression, avec une moins jolie bouche. Eh bien! non, j'étais obligé d'en convenir, cette bouche, déjà connue ou inconnue, mais en tout cas semblable à l'autre sous tous les aspects, avait été le point de départ de mon amour. C'était elle qui s'était glissée

dans mon cœur. Chez moi, la matière n'a-
vait pas entièrement désarmé, elle s'était
seulement purifiée, et la jolie fleur d'idéal,
comme disent les poètes, avait, pour me
séduire, pris la forme de deux lèvres admirables.

Mais, de quelque façon que l'amour fût
entré en moi, il y était entré, je ne pouvais
en disconvenir, et à défaut d'autres indices
graves, celui-ci aurait été suffisant : après
avoir déployé tant d'activité dans mes nouvelles fonctions de juge instructeur, j'en
étais arrivé à les remplir mollement. Au
lieu d'essayer de confondre l'inculpée, je
désirais trouver des preuves de son innocence. J'aurais donné tout au monde
pour être obligé de rendre une ordon-
nance de non-lieu. Oui, à mesure que
mon amour grandissait, je me plaisais à
séparer la femme d'aujourd'hui de la femme

d'autrefois, je voulais qu'il n'y eût aucun rapport entre elles ; je désirais ardemment m'être trompé et avoir injurié injustement la comtesse par mes odieux soupçons.

Ce désir naturel de vouloir respecter qui on aime naissait, sans doute aussi, d'une crainte : les souvenirs que j'avais laissés à l'inconnue n'étaient pas de nature à me servir auprès de la comtesse de X..., si les deux femmes n'en faisaient qu'une. Ils devaient, au contraire, me nuire et me perdre. Son sourire me permettait-il d'en douter, ce sourire moqueur que je voyais errer sur ses lèvres, quand cherchant à l'émouvoir, je hasardais un regard ou une parole expressive ?

Cependant, s'il me désolait et m'humiliait, il me donnait aussi une ardeur plus grande. Je voulais en triompher, changer l'expres-

sion de ces lèvres, soumettre cette bouche
rebelle, la forcer à s'attendrir, à s'humilier,
à demander grâce, à se donner tout entière dans un baiser sans fin.

XXV

Si, depuis quelque temps, j'étais moins zélé comme juge d'instruction, si je laissais traîner l'affaire sans songer à citer de nouveaux témoins, à entreprendre de nouvelles recherches, les agents que j'avais autrefois mis en campagne se montraient plus actifs que moi et travaillaient pour mon compte. Doménil, obéissant aux ordres que je lui avais donnés, sous forme de conseil, tenait à distance le comte de X..., avec l'espoir de le mieux tenir bientôt. Elle en disait tout le mal possible, criait par-dessus les

toits et les tilleuls de l'avenue d'Étigny qu'il
n'avait jamais été son amant, qu'il ne le
serait jamais, qu'elle ne connaissait pas
d'homme plus déplaisant. Lina de B...
la soutenait dans cette révolte, surnaturelle
si elle n'avait pas été calculée, contre un
beau garçon et un capitaliste, et déchirait
à belles dents l'ennemi commun. Dans
notre petit cercle de désœuvrés, de Parisiens en vacances et de demi-mondaines en
gaîté, il n'était bruit que de la guerre dé-
clarée par les deux femmes.

Le comte ne tarda pas à être au courant
de la situation. Au besoin, je l'aurais renseigné si j'avais pu le croire ignorant. Ne
devais-je pas prêter mon concours à des
agents aussi zélés que les miens ? Vani-
teux et chatouilleux à l'excès sur certains
points, fier de sa réputation d'homme à
bonnes fortunes qu'il avait édifiée lui-même

et à laquelle il tenait par-dessus tout, il s'alarma de ces bruits qui la compromettaient. Ils lui furent d'autant plus sensibles qu'il ne perdait pas seulement de son prestige auprès de ses amis particuliers, des méridionaux pour la plupart, mais qu'il déméritait aux yeux de plusieurs grands Parisiens à qui, peu à peu, je l'avais présenté, tout un groupe de club-men de haute volée, dont l'estime lui était précieuse. Les hommes du monde, en effet, qui n'ont besoin de personne, se laissent rarement éblouir par la fortune et la position des gens qu'ils fréquentent. En province, un général est toujours un général. On ne voit que son grade et ses épaulettes ; toutes les gracieusetés d'une maîtresse de maison lui sont réservées. A Paris, au contraire, dans un certain monde, un grand personnage est moins entouré qu'une

grande personnalité. Il n'a droit aux égards
que s'il rappelle de glorieux souvenirs,
s'il s'est fait un nom, s'il est quelqu'un
au lieu d'être quelque chose. C'est pourquoi mes amis, fort insouciants des titres
de noblesse du comte de X... et de sa fortune considérable, ne daignaient voir en
lui qu'un homme ordinaire, trop bavard
et parfois ridicule. — « Votre protégé sent
la province et le Midi d'une lieue, disaient-
ils, mais nous l'acceptons parmi nous, pour
vous plaire et parce qu'il nous distrait. »
C'était le seul effet que ce grand propriétaire foncier, ce maître et seigneur d'un des
plus beaux châteaux de France, ce noble
de vieille roche, produisait sur mes collègues du *Jockey*, de *l'Impérial* et du *Petit-
Cercle*. Il ne trouvait grâce qu'auprès de
quelques membres de *l'Union*, des *Ganaches*
et de *l'Agricole.*

— Comte, lui demandai-je, un jour, me
permettez-vous de vous parler franchement?

— Je vous en supplie, mon cher, répondit-il avec effusion, en me prenant les
mains.

— Eh bien ! je crains que vous n'ayez
perdu dans l'opinion des quelques amis aux-
quels j'ai eu le plaisir de vous présenter.

— Qu'ai-je donc fait ?

— Vous leur avez raconté avec beaucoup
d'esprit, j'en conviens, et une verve toute
pittoresque vos nombreuses aventures parisiennes. Ils ne doutent pas de vos succès
plus que justifiés par votre bonne mine.
Mais, peut-être devriez-vous empêcher la
belle Doménil de parler de vous comme elle
le fait, de vous traiter avec ce sans-gêne et,
si j'osais le dire, de vous accabler de ses
dédains.

— On sait donc... ?

— Comment, si on sait! Je crois bien qu'on sait! Dans notre petit cercle, on ne parle que de son aversion pour vous.

— Puis-je l'empêcher de me haïr?

— Sans doute, en l'obligeant à vous aimer. Est-ce donc difficile ? Vous lui plaisiez, si je ne me trompe, autrefois.

— Certainement, et je ne m'explique pas son hostilité.

— C'est peut-être du dépit ?

— Du dépit, c'est cela. Vous avez dit le mot et vous devriez le répéter à ces messieurs.

— Oh! les choses sont trop avancées, la haine de Doménil est trop bien établie, pour qu'ils se paient d'un mot. Il faudrait maintenant des actes.

— Quels actes?

— Un changement complet dans l'atti-

tude de votre ennemie : si, tout à coup,
après avoir dit du mal de vous, elle en disait du bien ; si, au lieu de vous tourner le
dos, elle vous faisait des avances ; si son
aversion se transformait en quelque joli
caprice, un bel et bon affolement dont vous
seriez l'objet. Je ne crois rien demander
d'impossible.

— Non certes, et si je voulais...

— Eh bien ! mon cher, il faut vouloir,
dans votre intérêt et aussi un peu dans le
mien, car je mets mon amour-propre à vous
voir triompher. La galerie nous observe et,
mon Dieu ! nous sommes bien obligés, dans
le monde où nous vivons, de travailler pour
la galerie.

— Vous avez peut-être raison, finit-il
par dire. J'aviserai.

Il me quitta, et comme je le suivais des
yeux, je le vis se promener longtemps, un

15.

peu rêveur, dans l'allée de la Pique où notre conversation venait d'avoir lieu.

A quoi rêvait-il? Aux résistances qu'il allait rencontrer auprès de Doménil? Riche comme il l'était, n'avait-il pas un moyen de les vaincre? A la nécessité de tromper sa femme? Il ne me paraissait pas y regarder de si près, et sa légèreté en pareille matière m'avait seule permis de hasarder des conseils que je n'aurais certes pas donnés à un mari modèle. Enfin, se trouvait-il embarrassé pour soutenir la réputation qu'il s'était faite, pour être à la hauteur de ses récits? L'avenir devait me renseigner.

Quoi qu'il en fût, à la suite de ces rêveries, il prit une résolution héroïque, car je le vis tout à coup se diriger vers la villa Raphaël où demeurait Doménil.

Dans la soirée, j'allai jeter un coup

d'œil sur le grand cercle, ce refuge des pé-
cheresses que le Casino tient à l'écart. Je
pensais bien y trouver Doménil et Lina
de B... qui ne dédaignent pas un petit
baccarat.

Quelques louis dans la main, elles se
tenaient, en effet, près d'une table de jeu.
Doménil m'aperçut, et me rejoignant :

— Eh bien! me dit-elle, vos conseils
étaient excellents et je suis heureuse de
les avoir suivis. Le comte est venu chez
moi me demander grâce.

— Et vous avez pardonné, ajoutai-je.

— Devais-je lui tenir plus longtemps
rigueur ?

— Non, puisque votre but était atteint.
La réconciliation a-t-elle été complète,
avez-vous signé le traité ?

— Oui, et on l'exécutera demain.

— Pourquoi demain ? Il sera donc libre ?

— Il l'espère. Sa femme projette d'aller voir le lever du soleil au Montné ; elle quittera Luchon, suivant l'usage, vers minuit, et le comte se trouvera veuf jusqu'au lendemain.

— Il n'accompagnera donc point sa femme dans cette excursion ?

— Non, il s'excusera, au moment du départ, sous un prétexte quelconque.

— C'est parfaitement combiné. Et, alors, vous êtes au comble de vos vœux ?

— Je l'avoue. Il me plaît beaucoup, ce garçon-là. Si vous saviez comme il a été gentil, tantôt.

— En paroles et en promesses, seulement ?

— Oui, seulement. Mais il tiendra tout ce qu'il a promis.

— Je n'en doute pas. Vous me donnerez

après-demain, n'est-ce pas, des nouvelles de cette petite nuit de noce? C'est moi qui ai fait le mariage et j'ai droit à votre confiance.

— Certainement, repondit-elle, avec son plus gracieux sourire.

Le baccarat la réclamait. Elle s'approcha d'une table et jeta sur le tapis cinq louis qu'elle perdit aussitôt. Je murmurai à son oreille :

— Malheureuse au jeu... Vous savez le reste.

— Oui, je n'aurais pas dû jouer aujourd'hui.

— Demain, la veine vous reviendra sans doute.

— Pourquoi? dit-elle vivement. Vous croyez donc que demain je ne serai plus heureuse en amour?

— Banco après tout le monde, sur le tableau de droite, dis-je en m'approchant à mon tour de la table de jeu, pour n'avoir pas à lui répondre.

XXVI

Ce projet de gravir le Montné pendant
la nuit, afin d'assister au lever du soleil,
avait été formé devant moi, depuis plusieurs jours, par la comtesse, et, tout
naturellement, je m'étais inscrit pour l'ac-
compagner. Deux de ses amis, le mari et la
femme, des Parisiens retrouvés à Luchon,
et Gaston de B... devaient être de la partie,
et nous avions décidé qu'on se réunirait,
vers dix heures, dans le chalet de M. et de
Mme de X... pour y prendre le thé, en attendant l'heure du départ.

Tout le monde fut exact au rendez-vous;
le comte lui-même qui descendit de son
appartement et nous rejoignit quelques instants après notre arrivée. Il portait une
veste courte et lâche, de grandes guêtres
jaunes, un béret, bref le costume traditionnel du touriste montagnard. Avait-il donc
changé d'avis et faussait-il compagnie à
Doménil? Inquiet d'abord, je fus bientôt
rassuré. Vers onze heures du soir, il se
plaignit d'un violent mal de tête, de cour-
batures dans tout le corps, et ne tarda pas
à se faire conseiller de se mettre au lit, au
lieu de se mettre en route. Il finit par se
rendre à l'avis général, après avoir toutefois
exigé de nous, et surtout de sa femme, la
promesse formelle que son indisposition
n'apporterait aucun changement à nos projets. Cette petite comédie, à laquelle je me
serais laissé prendre comme tout le monde,

si je n'avais pas connu le dessous des
cartes, fut très bien jouée. Elle m'apprit
que le comte, malgré son caractère ouvert,
trop ouvert, ses franches allures, excellait
à tromper son monde.

Vers minuit, nous entendons sur la route
d'Espagne, et bientôt sous les croisées du
chalet, des claquements de fouet. Ce sont
nos guides qui s'annoncent à leur façon.
Aussitôt, on se lève, on fait les derniers
préparatifs. La comtesse donne des ordres
à ses domestiques, et le traditionnel panier
de provisions, ainsi que les manteaux, les
par-dessus que nous ne dédaignerons pas
sur les hauts plateaux, sont confiés à la
sollicitude des guides.

On se met en selle gaiement ; on part.
Notre caravane traverse au trot Luchon
endormi, s'engage dans l'allée des Soupirs

et prend la route de Peyresourde. Le temps est superbe, l'air doux, le ciel diamanté; tout nous promet un superbe lever de soleil, après une belle nuit.

Mon cheval, le meilleur des écuries de Prince, s'entend à ravir avec le petit poney noir, né dans les plaines de Tarbes, ardent sur les grands chemins, prudent au bord des abîmes, que monte la comtesse. Se rappelant nos promenades précédentes et devançant de lui-même mes secrets désirs, il serre de près son compagnon ou se range à ses côtés, quand la route le permet.

Après avoir gravi, en suivant un lacet des plus raides, la montagne escarpée qui domine Luchon au nord; après avoir traversé les torrents de l'One et de la Neste, nous atteignons la chapelle de Saint-Aventin. Nos chevaux respirent quelques minutes. Puis, notre petite troupe s'engage dans la vallée d'Oueil.

La lune s'est levée ; elle éclaire les prairies voisines sur lesquelles de nombreux troupeaux endormis font de larges taches blanches. Elle donne aux horizons lointains une demi-transparence ; elle bleuit les neiges des hauts sommets. Dans l'herbe que foulent les pieds de nos chevaux scintillent les vers luisants ; une brise légère nous caresse et les fleurs de la prairie nous embaument au passage. Enveloppés d'un grand silence que trouble seul l'aboiement des chiens de pasteurs, ou le murmure d'un torrent, nous restons nous-mêmes silencieux, renversés sur nos selles, tout imprégnés d'une sorte de volupté molle.

Par instants, je lève les yeux sur la comtesse . Elle paraît éprouver les mêmes sensations que moi. Son regard semble noyé dans une contemplation ou dans une pensée. On dirait que la lune a pour elle des préférences, qu'elle la veut mieux éclairer. Elle met en pleine lumière sa taille élégante; dessine nettement sa poitrine superbe; se joue sur sa nuque puissante; donne des scintillements dorés à ses cheveux blonds; baise sa bouche entr'ouverte qui semble aspirer l'air et la vie. Jamais cette adorable femme ne m'a paru plus belle, et cependant elle ne m'inspire, pour l'instant, aucun âpre désir. Cette nuit calme et reposée, en me pénétrant de son charme souverain, m'a tout alangui. Mes sens dorment, mon cœur seul est éveillé. Je pourrais profiter de l'étroitesse du chemin qui rapproche nos chevaux, les unit l'un à l'autre, pour frôler l'amazone de ma compagne, ses pieds, ses mains, son épaule. J'évite tous ces contacts. Je me borne à la

contempler ; je m'enivre de sa vue. Elle se
rend compte de mon admiration et n'essaie
pas de s'y soustraire ; elle sent que mon
regard plonge dans le sien et elle ne le fuit
pas. On dirait au contraire que son œil
s'attendrit, que sa poitrine se soulève, qu'un
frisson la parcourt, qu'elle éprouve une
sensation de bien-être.

Sans m'avoir jamais dit un mot qui pût
me le faire espérer, serait-elle arrivée, peu
à peu, à m'aimer comme je l'aime ? Suis-je
pour elle un homme nouveau qu'elle ne
connaissait pas, il y a un mois, et dont
l'amour l'a touchée ? Suis-je, au contraire,
l'homme d'autrefois, et me sait-elle gré de
ne pas vouloir la reconnaître ou, l'ayant
reconnue, de me taire et de paraître
ignorer ?

Après avoir gravi des pentes escarpées,
traversé de vastes pelouses, nous atteignons,

vers quatre heures du matin, la cime du
Montné. Nous descendons aussitôt de cheval et comme une heure nous sépare encore
du lever du soleil, nous marchons à grands
pas pour nous réchauffer, car l'air est vif à
cette hauteur de deux mille deux cents
mètres. La lune ne nous éclaire plus ; l'obscurité nous enveloppe et nous attendons
avec impatience que la toile se lève sur le
superbe décor qu'on nous promet.

Enfin, la nuit est vaincue; le jour triom-
phe. A l'est, une faible lueur vient de per-
cer les ténèbres ; elle augmente, s'étend,
monte. Le cercle des montagnes s'estompe
peu à peu, se dessine, s'agrandit. En même
temps, comme si elle avait attendu ce si-
gnal, la nature endormie se réveille. Les
habitants de ces hautes régions sortent de
leur assoupissement; les cailles des mon-

tagnes courent dans l'herbe; de grands
oiseaux quittent les crevasses des rochers
et planent au-dessus de nos têtes; de la
vallée voisine montent les cris des pasteurs, qui réunissent leurs troupeaux, les
aboiements des chiens, le bêlement des
brebis. Nos chevaux piétinent le sol et tour-
nent la tête vers la lumière.

Bientôt une grande raie, dorée d'abord,
se dessine dans l'horizon **pâle.** Elle an-
nonce la venue du soleil, elle lui fait son
entrée. Quelques secondes s'écoulent, puis
il apparaît derrière un rocher noirâtre, là-
bas, tout là-bas, au fond du tableau. On peut,
sans craindre d'être ébloui, le regarder, le
fixer. Ce n'est encore qu'un globe lumineux,
une pleine lune rougeâtre, sans rayons.
Mais il monte, il monte rapidement, et aussitôt tout ce qu'il rencontre, tout ce qu'il
frappe, se colore, s'enflamme, s'illumine.

Des vapeurs blanches qui voilent quelques points de l'horizon s'élèvent au ciel, forment des nuages blancs qui, peu à peu, se dorent; la chaîne des montagnes se profile maintenant tout entière sur un ciel empourpré d'un côté, bleu transparent de l'autre. Les hauts sommets s'éclairent successivement. Les immenses glaciers de la Maladetta étincellent; les neiges du Néthou prennent des teintes rosées; le dôme du Mont-Perdu, le massif des Monts-Maudits, le Pic du Midi de Bigorre rayonnent. Dans la vallée, les derniers brouillards se sont dissipés, et l'œil embrasse un horizon immense qui s'étend jusqu'aux plaines de Tarbes et de Toulouse. Les villages miroitent; les routes, les lacets semblent argentés. De grandes ombres couvrent encore cependant une partie des montagnes et de la plaine, et rendent tout ce qui brille plus lumineux. A mesure que le soleil se lèvera, tous les détails viendront se fondre dans une même teinte, une même clarté, une même intensité de lumière ; aussi faut-il s'empresser d'admirer ce magique spectacle.

Pour en mieux jouir, pour qu'il m'impressionne plus vivement et que tout mon être à la fois se pénètre de volupté, je me tiens debout, sur un talus gazonné, près de la comtesse. La talus est incliné, la pente rapide ; si le pied glissait, si le vertige nous entraînait en avant, nous tomberions dans l'abîme, et aux voluptés que je viens de dire se joint celle du danger.

Elle se tait comme moi ; l'admiration rend silencieux. Mais j'ai osé prendre sa main qui dégantée pendait le long de son corps. Elle ne l'a pas retirée et je la sens se réchauffer, tressaillir dans la mienne. Ah! la terre seule, en ce moment, n'est pas inondée

16

de lumière; mon cœur est aussi tout enso-
leillé !

Nos compagnons qui s'étaient éloignés
pour admirer le tableau sous toutes ses faces
et faire le tour du Montné, viennent nous
arracher à nos contemplations. Bientôt, on
se met en route pour redescendre par le
col de Pierrefitte et la vallée d'Arboust.

A onze heures du matin, nous étions de
retour à Luchon.

XXVII

Encore sous le charme de cette belle promenade, des heures écoulées auprès de
Mme de X..., tout imprégné de chers souvenirs, j'hésitais à me rendre chez Doménil, comme je l'avais annoncé. Quels avantages tirerais-je de ses confidences? Un
seul : certains soupçons qui m'étaient venus à l'esprit au sujet du comte, pren-
draient plus de force et m'expliqueraient la
conduite de sa femme. Ce serait une victoire pour mon amour-propre, mais une

défaite pour mon amour, qui ne pourrait plus douter.

Malheureusement, à Luchon où l'on vit en plein air, dans un espace restreint, les rencontres, les rapprochements sont fréquents. La première personne que j'aperçus, en sortant de mon hôtel, vers trois heures, fut Doménil. Elle s'avança vers moi toute pimpante, en disant :

— Mon cher, le comte de X..., votre ami, est décidément un homme adorable, et puisque vous n'êtes pas venu me voir, je suis heureuse de vous rencontrer pour vous faire son éloge... Mais qu'avez-vous donc ? Mon bonheur vous chagrinerait-il ? C'est à vous, cependant, que je le dois.

— Vous vous méprenez, m'empressai-je de répondre. Je me réjouis avec vous. Vraiment, vous êtes contente ?

— Très contente.

— Sous tous les rapports ?

— Tous ! Il est parfait. Adieu. Je me sauve. On m'attend chez moi.

— Lui ?

— Non.

— Déjà !

Elle n'entendit pas ce dernier mot, tant elle était pressée de me quitter.

Je restai seul d'assez méchante humeur. Pourquoi ? N'aurais-je pas dû être enchanté, au contraire ? Toutes mes suppositions désobligeantes pour le comte, et, en même temps, tous mes soupçons contre la comtesse, venaient de s'évanouir ; il avait suffi pour cela d'une phrase prononcée par Doménil. Sans doute ; mais il me déplaisait d'apprendre que le mari de celle que j'aimais était un amant adorable, adorable même pour une femme comme Doménil que ses souvenirs, de nombreuses compa-

16.

raisons, devaient rendre experte et difficile. J'étais furieux contre ce hâbleur, ce
fanfaron, hélas! à la hauteur de ses fanfa-
ronnades. Bref, renseigné sur les mérites
du mari, ne pouvant plus les mettre en
doute, j'étais jaloux de lui.

Dans ces mauvaises dispositions, je résolus de me rendre chez Lina de B... Elle
devait avoir reçu les confidences de Doménil et elle était trop femme pour se réjouir,
sans restriction, du bonheur d'une amie.
Ma méchante humeur pourrait ainsi se
fondre dans la sienne; ma jalousie trouve-
rait à qui parler.

— Je quitte Doménil, fis-je, en abordant
sans retard le sujet, et elle m'a semblé
ravie.

— On le serait à moins, répondit-elle
avec un sourire pincé qui promettait.

— Vraiment! Le comte a tant de vertus?

— Il a du moins celle de savoir être généreux.

— Ah ! Il a déjà traité cette question ?

— Sans retard.

— Et, à quel chiffre monte sa générosité ?

— A dix mille francs, mon cher. Oui, dix mille francs ! Faut-il qu'elle ait de la chance ! Quand je pense que C..., un banquier cependant, ne m'a pas donné davantage à la suite d'une liaison de six mois. Qu'a-t-elle donc d'extraordinaire, cette Doménil ? Si c'était encore la vraie ! Voyons, entre nous, est-ce que je ne la vaux pas ?

— Tu lui es supérieure, ma chère amie, m'empressai-je de répondre.

Comme je l'avais prévu, l'envie était entrée dans le cœur de Lina, et allait me la livrer.

Je repris d'un ton léger, en allumant un

cigare, comme si je n'attachais aucune importance à cet entretien :

— Dix mille francs, c'est exagéré; il abuse de sa fortune, il gâte le métier. Je ne m'étonne plus qu'elle fasse son éloge.

— Je ne le ferais pas pour ce prix-là, dit brusquement Lina.

— Comment ! Ne mérite-t-il pas tout le bien qu'elle en dit ? demandai-je un peu trop vivement.

Elle garda le silence, regrettant sans doute déjà d'avoir trop parlé. Au moment de trahir la confiance de sa meilleure amie, une pudeur la prenait. Mais ma curiosité devait l'emporter sur sa pudeur. Je ne pouvais lui permettre de s'arrêter dans la voie de confidences si précieuses. Je l'interrogeai avec habileté ; je lui reprochai d'avoir des secrets pour moi ; j'attisai de mon mieux sa jalousie et, bientôt, après m'avoir

fait jurer de me taire, de ne jamais la
trahir, elle en arrivait à m'avouer que le
comte s'était montré si généreux pour décider Doménil à dire du bien de lui, au lieu
d'en dire du mal.

— Du mal ! répétai-je. N'aurait-il aucune
des qualités dont il se pare et qu'elle vante
aujourd'hui ?

— Aucune serait trop dire, fit Lina. Il en
possède plusieurs, au contraire ; mais des
qualités qui font regretter qu'il n'ait que
celles-là. Il se montre au début un parfait
amant. Il a pour nous séduire de douces
paroles, des baisers délicieux, des caresses adorables, de véritables chatteries
de femme. Il excelle, en un mot, à exciter
notre imagination ; mais il l'excite seulement, sans la pouvoir calmer.

— En vérité ? Ne se découragerait-on pas
trop vite ?

— Non pas. On est trop intéressé dans la
question pour s'alarmer aussi tôt. On lutte
avec ardeur, intelligence ; on se rappelle
ses douces paroles, ses tendres baisers pour
les lui redire et les lui rendre.

— Eh bien ?

— Eh bien ! peine inutile : ce qui nous
avait enflammée ne l'enflamme pas ; nos
tendresses ne peuvent vaincre sa froideur.

— Froideur accidentelle ?

— Non pas, froideur chronique.

— Qu'en sais-tu ?

— Une froideur qui persiste et que Doménil elle-même, éprise comme elle l'était,
n'a pu vaincre, n'est pas accidentelle.

— Le comte sait alors, depuis longtemps,
à quoi s'en tenir et je m'étonne qu'il s'ex-
pose à une défaite habituelle et certaine.

— Tu oublies qu'il a longtemps évité un
rendez-vous. Il ne s'est enfin rendu chez

Doménil que contraint et forcé, et avec l'espoir qu'éblouie par sa générosité, elle lui garderait le secret. Elle le lui a gardé, excepté vis-à-vis de moi.

— Soit! Mais pourquoi s'est-il montré d'abord un amant si tendre, pourquoi lui avoir donné des espérances irréalisables?

— Parce qu'il conserve peut-être lui-même, jusqu'au dernier moment, un vague espoir. Il se dit, sans doute, que du désir provoqué chez les autres, naîtra enfin le désir pour lui.

J'étais renseigné sur tout ce que je voulais savoir, et je pris congé de Lina.

XXVII

Je tenais enfin le mobile du crime. Comment étais-je arrivé, non pas à le découvrir, mais à concevoir les premiers soupçons qui m'avaient permis de suivre la bonne voie ? Si je m'étais trouvé en face d'un de ces hommes imberbes, au visage blême, à la voix de fausset, qui jettent sur les femmes des regards obliques, fuient leur société, évitent même de parler d'elles, ces soupçons auraient pu me venir naturellement à la pensée. Mais le comte avait toutes les apparences de la virilité, était le mari

d'une vraie femme, ne semblait pas dédaigner celles des autres, et parlait même trop
volontiers de ses nombreuses amours.

Eh bien! c'étaient justement tous ses
bavardages, toutes ses vantardises qui m'a-
vaient donné l'éveil. Je me suis toujours
méfié des grands diseurs. Je crois au pro-
verbe : « Il est plus fort en paroles qu'en
actions, » et j'estime que le succès rend
modeste. On se vante surtout des choses
qu'on n'a pas faites, ou qu'on craint de ne
pouvoir faire.

Comment aussi le mari d'une femme
jeune, belle, superbe de santé, qu'il avait
épousée par amour et depuis deux ans seulement, pouvait-il s'occuper d'autres femmes
que de la sienne? Il s'en occupait évidemment pour la galerie plutôt que pour son
propre compte : timoré, ombrageux, parce
qu'il se sentait en faute, craignant toujours

17

d'être soupçonné de faiblesse, il essayait de tromper son monde, de lui donner le change, de l'éblouir par le récit de ses exploits.

Tels furent mes premiers raisonnements ; il sétaient purement psychologiques. Une phrase échappée à la comtesse devait les fortifier.

A son retour de Paris, au mois de janvier dernier, elle avait dit à Gaston de B... qui devenait pressant : « A quoi bon ? Tous les hommes se ressemblent. » L'idée me vint aussitôt que ces paroles avaient été prononcées en souvenir de sa mésaventure avec moi, et cette idée devait me frapper : comme le comte, je me sentais fautif quand il s'agissait de sa femme, et j'étais chatouilleux sur certains points. Tous les hommes se ressemblent ! C'est-à-dire : le second ne vaut pas mieux que le premier. Le premier, c'était le mari; il ne valait donc rien.

Ce point établi, je dus me demander s'il était admissible qu'une femme eût à se plaindre d'un mari qui paraissait, comme le comte de X..., des mieux doués. J'ai dit, dans les premières pages de cette étude que, malgré mon existence oisive, je m'étais toujours occupé de sciences et d'art. L'intérêt que j'avais pris à certaines questions médicales allait m'être ici d'un grand secours. Je me rappelai les travaux de Tardieu, de Descourtils, d'Andrieux, de Lorain, de Roubaud, et j'en arrivai à conclure avec eux qu'en fait de virilité, les apparences sont parfois trompeuses, qu'on peut, à première vue, inspirer la plus grande confiance, paraître des plus vaillants, et cependant manquer de toute énergie, être privé de toutes les aptitudes qui font un bon mari.

Leurs livres, remplis d'exemples dictés par
une longue expérience, devenaient de ma-
gnifiques plaidoyers en faveur du divorce,
et c'était pour cela qu'ils m'avaient frappé.

Fort de l'opinion de ces savants, auto-
risé, pour ainsi dire, par eux à douter du
comte de X..., malgré sa jeunesse et sa
structure, je voulus acquérir une certitude,
et c'est alors que je songeai à Doménil.

J'étais fixé maintenant : je pouvais pé-
nétrer le mystère qui, depuis six mois,
m'occupait tant l'esprit.

Celle qui devait plus tard s'appeler la
comtesse de X... et que dans sa famille, on
nommait simplement Gabrielle, est déjà,
vers sa vingtième année, une grande et
belle jeune fille, pleine de force et de sève.
Sa mère, persuadée que pour être heureux
en ménage, la femme et le mari doivent
être bien assortis, non seulement au point

de vue intellectuel, mais physiquement,
cherche et croit avoir trouvé l'époux qu'elle
rêvait pour sa fille bien-aimée. Elle le lui
donne, et Gabrielle l'accepte de confiance,
ravie en secret, car son prétendu est charmant et elle se dit que sa mère a eu la
main heureuse.

Les cérémonies officielles sont terminées. Les deux jeunes gens entrent dans la
chambre nuptiale; celui-ci timoré, trem-
blant, parce qu'il se connaît et qu'il doute
de lui; celle-là timide, craintive, cependant
curieuse de l'avenir.

Il s'approche, l'embrasse, et elle trouve
ces premiers baisers délicieux. Il la serre
dans ses bras, et cet enlacement la trans-
porte.

Que va-t-il advenir maintenant? Son instinct féminin lui dit qu'on lui a seulement
murmuré les premiers mots de l'amour,

que la phrase est inachevée. Elle prête une oreille attentive. Mais on ne continue pas ; on en reste à la première phrase, et elle n'apprend rien de nouveau.

Quelques semaines s'écoulent ; elle attend toujours. Elle espère même, elle désire, et elle sait à peu près ce qu'elle désire, car l'esprit lui est venu, pendant que son amour grandissait, que ses sens s'éveillaient.

De son côté, il espère aussi. Un homme de science, un spécialiste auquel il s'est confié, lui a dit : « Vous n'avez aucun vice de conformation. Vous êtes sous l'influence d'une des formes si variées de la névrose. Vous pouvez guérir. » Et il se laisse d'autant plus facilement convaincre qu'il a eu sans doute, autrefois, ses beaux jours. Ils n'ont cessé de luire qu'à la suite d'un de ces accidents qui provoquent les névroses : une vive émotion, une commotion cérébrale,

quelque longue maladie, des excès peut-
être.

Comment ne reviendrait-il pas à la santé,
ne retrouverait-il pas ses premières ardeurs,
auprès de cette femme adorable, qu'il adore,
et qu'il a justement épousée avec la persuasion qu'elle le transformerait?

Aussi se montre-t-il plus tendre, plus
passionné que jamais. Il est d'une générosité extrême avec elle; il lui donne tout
ce qu'il peut lui donner; il la comble; il lui
fait goûter tous les raffinements de l'amour.
Elle vit dans le luxe. Mais, si elle a le su-
perflu, elle manque du nécessaire. Bien
portante, bien équilibrée comme elle est, de
corps et d'esprit, il lui faudrait un régime
plus substantiel. Elle s'affaiblit, souffre,
s'irrite, et elle est à son tour atteinte de
névrose, névrose active, pour ainsi dire,
opposée à la névrose passive de son mari.

Lui, il espère encore, faiblement, mais il espère. Il a tort. Dans toutes les maladies où les nerfs sont en cause, l'imagination joue un grand rôle. Pour guérir, il ne suffit pas d'espérer, il faut être persuadé qu'on guérira, et peut-il avoir cette persuasion? Les chutes et les rechutes qu'il ne cesse de faire, ont frappé son esprit; il a aujourd'hui tellement peur de tomber, qu'il tombera toujours.

Le temps s'écoule : sa névrose ne diminue pas, au contraire, et celle de sa femme augmente. Elle connaît, maintenant, la cause du mal dont elle souffre, et elle en arrive à se plaindre d'avoir été trompée.

Il est désespéré, humilié. Pour sauver son amour-propre, défendre son honneur, il se dit victime d'une étrangeté de la nature, d'un cas qu'il ne pouvait prévoir, car, autrefois, il ne laissait rien à désirer.

Voulant à tout prix la convaincre, il raconte ses amours passées, il nomme ses maîtresses, il chiffre ses succès. S'il ne cráignait pas d'être accusé d'exagération, il présenterait à sa femme une douzaine d'enfants et soutiendrait qu'ils sont de lui. Encore amoureuse, malgré tout, elle sourit discrètement, tristement, mais son sourire devient, peu à peu, ironique.

Moins on paraît le croire, plus il s'acharne à se poser comme un héros rétrospectif. Il est souvent hâbleur, fanfaron, de mauvais goût. Il perd toute retenue. Un jour, il passe avec sa femme devant la maison de Lareine. Elle dit : « Tiens ! cette demeure ne ressemble pas aux autres. Est-ce un hôtel ou une maison bourgeoise ? » Et, aussitôt, il ne craint pas de lui confier, tout bas, que c'est un asile d'amoureux. Il avoue même que pendant sa vie de garçon, il a osé pé-

17.

nétrer dans ce lieu d'où le cœur est banni,
mais où les hommes de tempérament ardent, comme il l'était, trouvent leur compte.
Elle l'écoute, en rougissant, tandis que son
imagination malade murmure peut-être :
« Et, nous autres femmes, où trouvons-
nous notre compte? »

Ses nerfs toujours surexcités et jamais
apaisés, provoquent maintenant un ma-
laise constant, une irritation latente, des
tristesses sans motif et, tout à coup, des
accès de pleurs ou de colère. Elle n'est
plus elle.

Ah! je vous entends. Vous dites :
« Alors, qu'elle prenne un amant! » Où
est-il cet amant? Où le rencontrer? Croyez-
vous que son mari ne veille pas sur elle?
Il est d'autant plus jaloux, qu'il se sent
plus imparfait. Il craint qu'elle ne trouve
chez un autre ce qu'il ne peut lui donner,

et il la condamne au tête-à-tête conjugal.
Prendre un amant, suppose aussi des réflexions, une préméditation. Est-ce qu'elle
est femme à méditer le mal? Son cœur est
resté honnête, droit; son esprit seul est
fourvoyé. Prendre un amant, c'est encore
distinguer quelqu'un, choisir, aimer, et elle
ne songe pas à être amoureuse d'un homme ;
elle est seulement, à son insu, amoureuse
de l'homme.

Ce qui est arrivé ensuite, je le devine, je
le vois : Un soir de fièvre, de surexcitation
poussée à son paroxysme, de folie, elle s'est
rappelée, tout à coup, cet asile d'amoureux,
cette maison si vantée par son mari. Elle
s'est écriée... Eh bien ! Non ! Elle n'a rien
dit, elle n'a songé à rien. Délirante, éper-
due, elle a jeté un manteau sur ses épaules,
et elle est sortie. Elle a marché vite, vite,
pour calmer son sang qui bouillonnait. Le

hasard l'a conduite devant cette maison, et brusquement, elle y est entrée, inconsciente, irresponsable de ses actes.

Quand Lareine a paru devant elle, une lueur de raison lui est revenue. Elle voulait fuir; mais on l'avait enfermée.

J'ai paru à mon tour; je me suis avancé vers elle, et je la vois encore, je la verrai toujours, effrayée, se sauver à l'extrémité de la chambre.

Elle lutte, elle demande grâce. Je suis sans pitié, je la presse dans mes bras, je l'implore. Alors sa surexcitation, sa fièvre, que la répulsion et l'effroi ont un instant calmées, reviennent la torturer et elle cède.

Mais c'est la fin qu'elle veut; ce ne sont pas les moyens. Les moyens, elle les connaît trop! Ce ne sont pas mes baisers dont elle est avide. Ils lui font horreur : elle ne m'aime pas. Aussi sa bouche reste-t-elle fermée, ses lèvres sont-elles inertes.

Cette froideur me glace à mon tour, et pour une fois, par accident, je me conduis comme son mari s'est toujours conduit, se conduira toujours. Elle se sauve aussitôt. Elle quitte Paris. Elle se cache loin, bien loin, en province, au désert. Mais, si elle se repent, si elle souffre, elle en veut aussi furieusement à ce faux mari, cause première, instigateur du crime, à ce complice qui lui fait, quand elle se souvient, monter le rouge au front, la honte au cœur. Elle ne saurait plus l'aimer, quoi qu'il dise, quoiqu'il espère. Elle le fuit, elle repousse avec horreur ses caresses dangereuses, funestes.

Elle en a pris son parti. Elle ne connaîtra jamais ce dernier mot de l'amour qu'on ne sait pas lui dire. Mariée, elle vivra comme une veuve, ou plutôt comme une jeune fille,

car elle l'est restée. Ses nerfs, elle les guérira par la marche, la fatigue, les macéra-
tions s'il le faut. Elle court, elle monte à
cheval, elle chasse, elle gravit les montagnes ; elle tue la bête qui, en elle, gronde
encore sourdement.

Voilà sa vie, voilà ce qu'elle a fait. Par-
donnez-lui! Moi, je ne puis pas la juger : je
l'aime.

M'aime-t-elle ou m'aimera-t-elle? C'est
maintenant la seule question qu'il me reste
à résoudre.

XXIX

Septembre est venu, et la plupart des baigneurs ont pris la fuite. Il ne reste plus à Luchon que des malades récalcitrants, des touristes qui profitent de l'abaissement des prix, à cette époque de l'année, et quelques amants passionnés de la montagne, sans courage pour la quitter.

Comme eux, la comtesse ne songe pas à partir et je n'y songe pas plus qu'elle. Ma vie se passe à ses côtés, mais en plein air, sur les hauts sommets ; nous sommes entourés de guides à pied et à cheval, qui rendent le tête-à-tête difficile. C'est, tous les jours, une nouvelle ascension sur les montagnes de petite grandeur et les pics élevés : Superbagnères, l'Anténac, Monségu, les Gours-Blancs, le Céciré, Vénasque, l'Entécade, les Monts-Maudits, le Néthou et la Maladetta.

Rien ne fatigue la comtesse ; rien ne l'effraie. J'essaie de la suivre et de jeter sur l'abime un regard aussi calme que le sien.

Le comte est rarement avec nous. Il nous accompagne seulement à la moitié, au tiers du chemin. Quand l'ascension devient trop pénible et trop périlleuse, il s'arrête. Il a, depuis longtemps, contracté l'habitude de s'abstenir et de rester en route.

Il peut, du reste, me confier sa femme sans danger. Je ne lui parle jamais de mon amour. Pourquoi lui en parler ? Ne le voit-elle pas ? Ne le sent-elle pas ? Peut-elle douter ?

Et moi, est-ce que je doute encore du sien ? Non ; je ne doute pas de la sympathie que je lui inspire, de son affection, d'une sorte d'amitié tendre qu'elle a pour moi. Mais je crains que mes tristes antécédents ne la préservent du désir qui, malgré ce qu'on en peut penser, est une des parties essentielles de l'amour.

Pourquoi la laisser persister plus longtemps dans une erreur injurieuse pour moi ? Pourquoi ne pas essayer de me faire mieux connaître ? Pourquoi, au point où nous en sommes, manquer de hardiesse et d'audace ?

C'est que je l'aime ; je n'ai pas d'autre raison. Je crains de lui déplaire, de l'offenser, de la perdre. Notre passé aussi me condamne au respect. Si elle allait se dire :

« Il me traite légèrement, en souvenir d'autrefois ! » Non ! Non ! Je ne veux pas qu'elle ait cette pensée. Je préfère attendre ; je préfère souffrir. Je ne veux pas la prendre, je veux qu'elle se donne.

Mais, songera-t-elle jamais à se donner, si elle se souvient, si elle me juge comme elle juge son mari ?

Oui, peut-être, depuis hier.

Désireux de connaître le lac Grégonio, la plus grande nappe d'eau des Pyrénées, nous descendions les escarpements granitiques du Pic du Milieu, entre la Maladetta et le Néthou. Cinq guides nous précédaient, trois nous suivaient. Nous avions dédaigné leurs bras et ils nous laissaient marcher à notre guise, sans grand souci de nous : depuis qu'ils nous escortent, ils nous savent le pied sûr et la tête solide.

Je précédais la comtesse de quelques pas, lui frayant la route, lui indiquant le rocher qu'il fallait éviter, le point où elle devait planter son bâton ferré. J'étais d'autant plus attentif, que l'escarpement sur lequel nous nous trouvions côtoyait un abîme profond, terrible.

Tout à coup, j'entends un cri derrière moi. Je me retourne brusquement. C'est la comtesse qui l'a poussé. Son bâton s'est enfoncé dans une crevasse, et, comme elle n'a plus de point d'appui et que l'élan est donné, au lieu de marcher, elle glisse, elle court.

Si rien ne l'arrête, dans quelques secondes, elle roulera dans l'abîme. Les guides ont entendu le cri et comprennent le danger. Ceux qui nous précédaient, remontent à la hâte ; mais quand ils arriveront, il sera trop tard. Ceux qui nous suivaient,

n'osent pas courir. Ils rouleraient sur elle
et l'entraîneraient avec eux.

Seul, je puis la sauver, en risquant ma
vie.

Je me place au point précis où sa course
doit la porter, à la limite du chemin, entre
elle et l'abîme.

Mes pieds, éloignés l'un de l'autre, s'in-
crustent de toute leur force dans le rocher. Je plie les genoux pour qu'ils aient
plus d'élasticité. Je me pelotonne, je me
ramasse en quelque sorte, le buste en
avant, les bras croisés.

J'attends. Si le choc que je vais affronter
me fait fléchir, nous tombons tous les
deux ; la mort est certaine. Si, au contraire,
je résiste, elle est sauvée, grâce à l'obstacle vivant que j'ai dressé devant elle.
C'est une question de force musculaire et
nerveuse, et aussi de volonté.

Elle glisse, elle glisse toujours ; malgré ses efforts pour s'arrêter, se retenir, se renverser.

Elle accourt, les bras, les mains en avant, le corps, la tête rejetés en arrière.

La voici.

Je n'ai pas fléchi, j'ai supporté le choc, j'ai empêché la chute.

Toute pâle, toute frémissante, elle se tient maintenant debout devant moi, et, lorsqu'elle peut parler, je l'entends murmurer : « Je vous dois la vie ! Merci ! Merci ! »

Je ne réponds pas. Le danger passé, je suis aussi pâle qu'elle ; mon cœur bat, mon corps tremble.

Quelques secondes s'écoulent, puis elle dit encore :

— Je me suis crue perdue... Je vous voyais bien entre l'abîme et moi ; mais je ne vous croyais pas assez fort pour me retenir.

Ces paroles me frappent, me blessent. Il me semble qu'elles sont ironiques, qu'elles font allusion au passé, qu'elles contiennent un reproche. La situation où nous sommes, a victoire que je viens de remporter, me rendent audacieux et je lui dis, bien en face ;

— Pourquoi doutiez-vous de ma force ?

Comme elle se tait et baisse les yeux, je ne crains pas d'ajouter lentement, en appuyant sur tous les mots :

— Vous doutiez de moi parce que, dans une autre circonstance, peut-être — car j'hésite encore — l'étonnement, l'émotion, vos résistances, votre froideur, m'ont glacé. Mais, une fois n'est pas coutume, et vous avez tort de croire que tous les hommes se ressemblent.

Elle a tressailli, et de pâle qu'elle était, elle est devenue pourpre.

Les guides nous rejoignent à propos. Nous reprenons notre marche.

Bientôt, nous atteignons le lac Grégonio couvert de glaces, pour descendre ensuite dans la vallée de l'Esséra.

Aucune parole n'est échangée entre la comtesse et moi, pendant ce long parcours.

XXX

Le temps s'est mis au froid. La neige, en
tombant toute une nuit dans la montagne,
a couvert les prairies, les bruyères, les
rochers, les forêts de sapins, qui ressemblent maintenant à d'immenses glaciers.
Les neiges nouvelles se confondent avec les
neiges éternelles.

L'époque des ascensions est passée, et
l'heure a sonné de quitter Luchon. Le comte
de X..., appelé précipitamment à Toulouse
par ses affaires, reviendra dans deux jours
chercher sa femme. Il a emmené avec lui

la plupart de ses gens pour qu'ils mettent le château en état de recevoir ses hôtes.

J'ai vu la comtesse aujourd'hui dans l'après-midi. Elle était préoccupée, comme une femme sur le point de prendre quelque grave résolution et encore hésitante. Cependant lorsque, sur le point de la quitter, je lui ai dit avec tristesse : « Quand je pense que bientôt, je ne vous verrai plus ! » elle a relevé brusquement la tête, et d'une voix ferme, sans hésitation cette fois :

— Nous causerons de cela ce soir, m'a-t-elle dit, venez me voir après votre dîner.

A neuf heures, je suis arrivé très ému.

Il me semblait que toute mon existence allait se décider, et je ne me trompais pas. Elle s'est en effet décidée : à partir de maintenant, je lui appartiens corps et âme, comme elle m'appartient.

La femme de chambre de Mme de X...,

18

après m'avoir introduit dans le salon, m'a prié d'attendre un instant sa maîtresse, et s'est retirée.

J'attends.

Le chalet est silencieux, on le dirait désert:

Quelque minutes s'écoulent. Je crois entendre le frôlement d'une robe dans la pièce voisine du salon, et je fais quelques pas au-devant de la comtesse qui va sans doute entrer.

Le bruit a cessé. Alors, je regarde par la porte ouverte.

Une femme est là, immobile, debout devant la cheminée, le bras droit allongé sur le marbre, la main gauche tombant le long du corps, la tête haute, le buste rejeté en arrière.

Je ne me trompe pas : j'ai déjà vu cette

femme dans la même attitude, dans le même costume. Un grand manteau de satin noir la recouvre tout entière ; un capuchon lui cache la tête et les cheveux ; des dentelles tombent sur son front, ses yeux et ses joues. On ne voit que ses narines dilatées, son menton et sa bouche, une bouche admirable de forme et de couleur.

C'est elle ! C'est la femme d'autrefois, et c'est la femme d'aujourd'hui !

Elle n'a pas voulu qu'il y eut de doute dans mon esprit. Son attitude, son costume me disent : « Je suis bien celle que tu soupçonnes. Si tu crois pouvoir m'aimer encore, aime-moi, et que le passé soit oublié. Nous n'en aurons jamais parlé ; jamais nous n'en parlerons. Mais, je ne veux pas te tromper ; je ne veux pas qu'il y ait de mensonge, d'hypocrisie entre nous. »

Je m'avance, et, le coude sur la cheminée

commé elle, silencieux, immobile comme elle, je la regarde.

Ses lèvres n'ont plus cette expression hautaine, moqueuse qui me désespérait. Elles ne paraissent plus douter, elles semblent croire. Humides, entr'ouvertes, au lieu de me fuir, elles m'appellent, et leur sourire voluptueux est, en même temps, tout attendri.

Une minute s'écoule. Puis, je m'approche d'elle, je lui prends les mains, je la presse contre moi, et ma bouche rencontre sa bouche qui, cette fois, sans s'éloigner, sans se défendre, vaincue par l'amour, me rend mon baiser.

FIN.

PARIS. — P. Dupont, 41, rue J.-J.-Rousseau. 29.5.82.

LIBRAIRIE DE E. DENTU, ÉDITEUR — PALAIS

ROMANS D'ADOLPHE BELOT

Collection grand in-18, à 3 francs le vol.

L'ARTICLE 47, 15e édition 1
Mlle GIRAUD, MA FEMME, 63e édition 1
LA FEMME DE FEU, 48e édition 1
HÉLÈNE ET MATHILDE, 15e édition 1
DEUX FEMMES, 12e édition 1
LES FOLIES DE JEUNESSE 9e édition 1
LES MYSTÈRES MONDAINS, 16e édition 1
LES BAIGNEUSES DE TROUVILLE, 15e édition . 1
Mme VITEL ET Mlle LELIÈVRE, 14e édition . . . 1
UNE MAISON CENTRALE DE FEMMES, 12e éd. 1
LA SULTANE PARISIENNE, 12e édition 1
LA FIÈVRE DE L'INCONNU, 9e édition 1
LA VÉNUS NOIRE, 12e édition 1
LA FEMME DE GLACE, 21e édition 1
UNE JOUEUSE, 14e édition 1
LES ÉTRANGLEURS, 8e édition 1
LA GRANDE FLORINE, suite et fin des Étrangleurs 8e éd. 1
LE ROI DES GRECS, 7e édition 2
FLEUR-DE-CRIME, 7e édition 2

ROMANS ÉCRITS EN COLLABORATION

avec M. ERNEST DAUDET

LA VÉNUS DE GORDES, 9e édition . . . . . 1 vo

avec M. JULES DAUTIN

LE PARRICIDE, 7e édition . . . . 1 vo
DACOLARD ET LUBIN, 6e édition 1
LE SECRET TERRIBLE, 8e édition 1
LA BOSSUE, 2e édition 1

Paris. — Société d'Imprimerie. — PAUL DUPONT. (Cl.). 29.5.82.

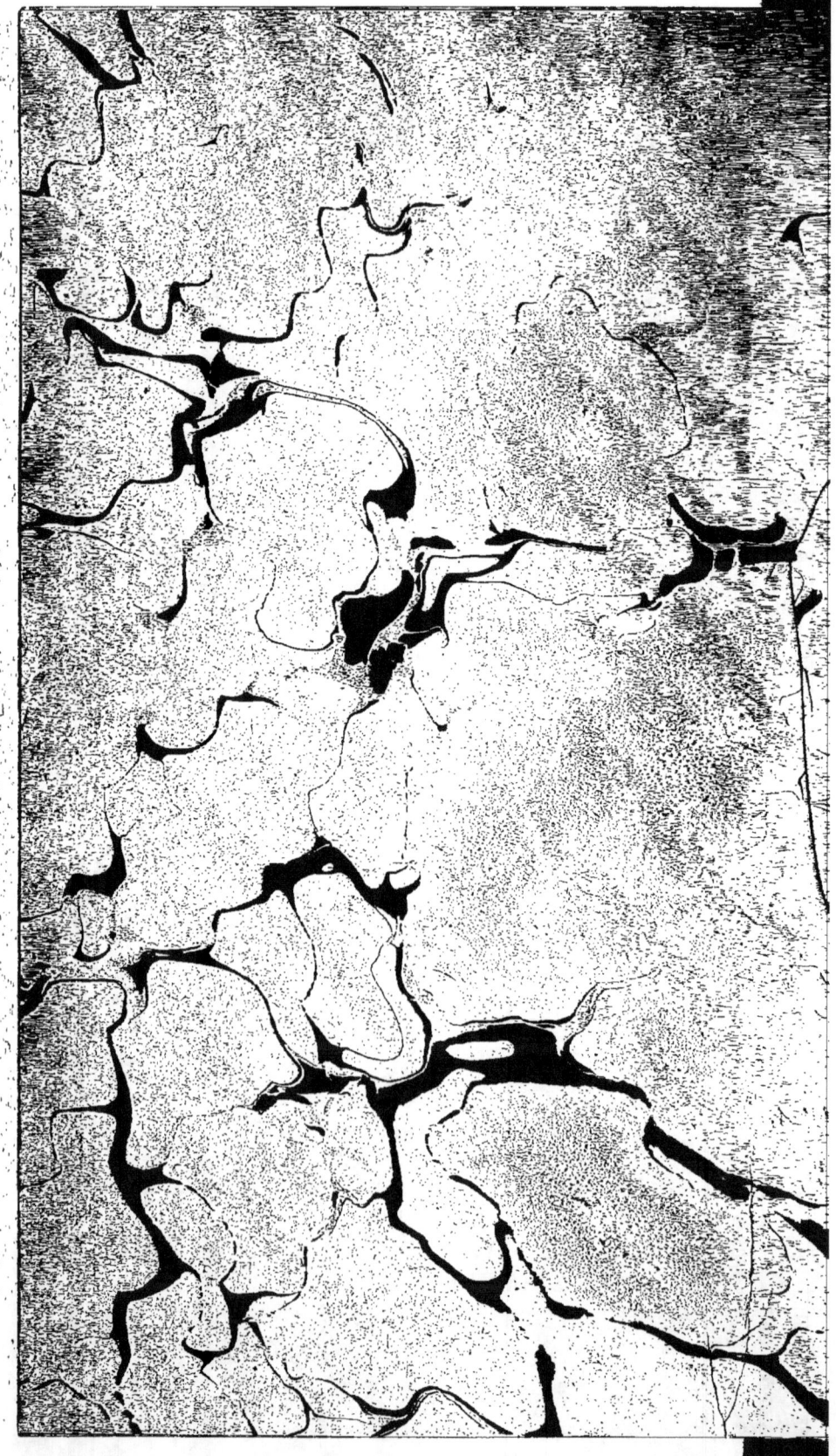

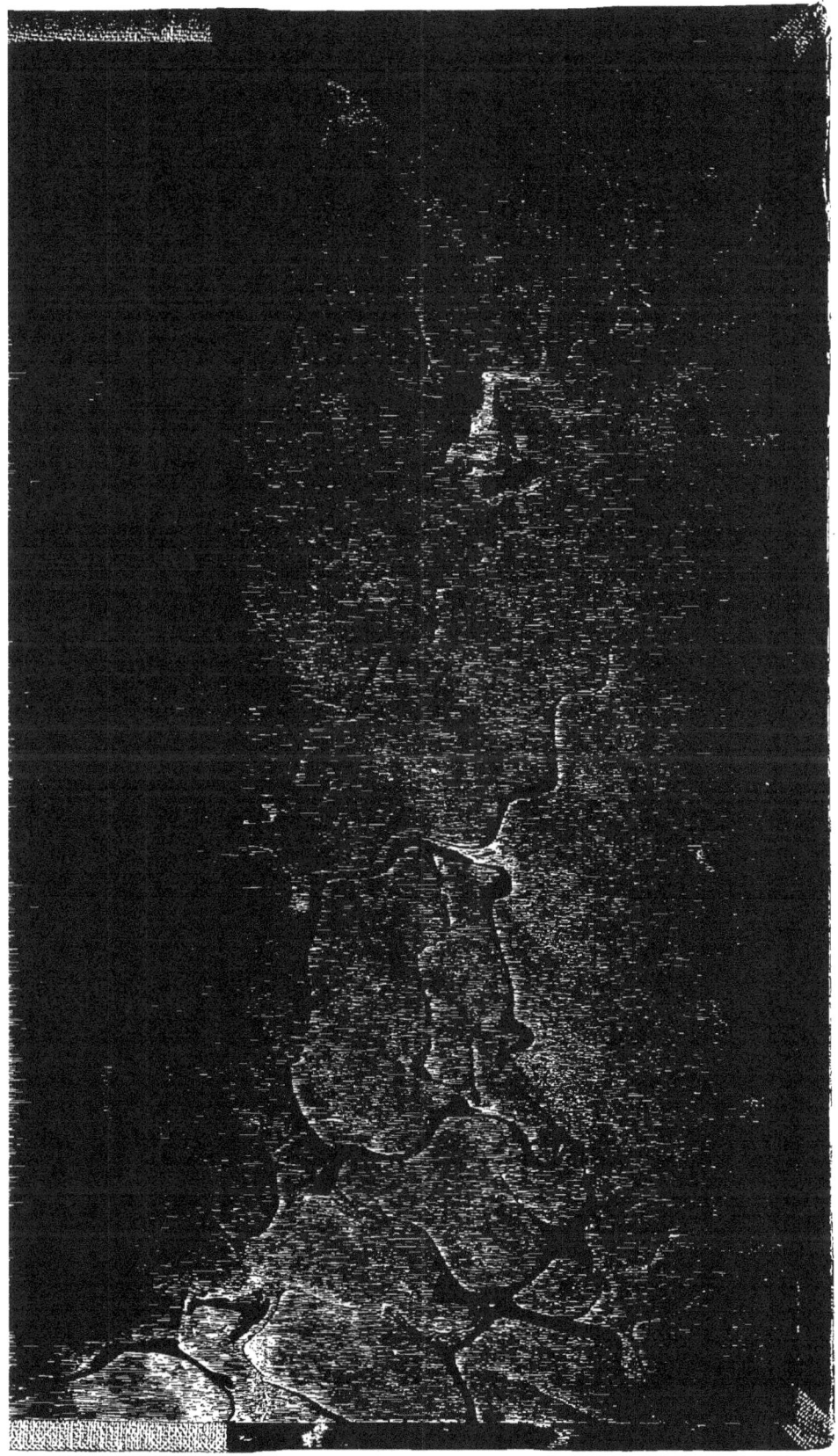

www.ingramcontent.com/pod-product-compliance
Lightning Source LLC
Chambersburg PA
CBHW072349030726
47505CB00014B/1431